Lauren Chekroun 6ᵉ C

folio junior

Collection dirigée par Jean-Philippe Arrou-Vignod

Pour en savoir plus :
http://www.cercle-enseignement.fr

© Éditions Gallimard Jeunesse, 2009, pour le texte et les illustrations

L'épopée de Gilgamesh

Illustrations de Rémi Saillard

Adapté et raconté
par Pierre-Marie Beaude

Carnet de lecture par
Pierre-Marie Beaude et Évelyne Dalet

GALLIMARD JEUNESSE

Au moment où je m'apprête à faire connaître au monde entier l'histoire d'un homme fabuleux, que mon dieu protecteur m'assiste, moi Sînleqe'unnennî, dont le nom signifie « Ô, dieu Sîn, reçois ma prière ». Oui, que Sîn, le dieu-Lune, guide ma main pour raconter avec clarté les exploits du héros Gilgamesh, roi d'Ourouk. Trois cents hectares de maisons, trois cents hectares de jardins et d'enclos, et trois cents de terre vierge, telle était la ville que Gilgamesh avait pour royaume.

Gilgamesh est allé au bout de la Terre, il est descendu au fond de l'océan, il escalada les montagnes, à la recherche des secrets du monde. Il plongea son regard dans les plus grands mystères de l'Univers. Il rapporta de son lointain voyage par-delà la mer le récit des origines de l'humanité. Fatigué mais l'esprit en paix, il grava sur la pierre le souvenir de tous ses exploits.

Mais entrons dans sa ville, la superbe Ourouk. Vois-tu les murailles qui entourent la cité ? Qui oserait s'attaquer à elles ? Quelle armée pourrait venir à bout de cet assemblage de briques cuites plus serrées que les mailles d'un filet ? Passons maintenant la porte centrale, posons nos pieds sur le somptueux pavé de pierres qu'on alla chercher dans les régions lointaines.

Promenons-nous au milieu des parcs à moutons, si élégants qu'on est fier de donner à la ville le nom d'Ourouk-les-Enclos. Regarde les milliers de têtes de bétail, vois combien la ville est prospère. Lève tes yeux et regarde cette bâtisse qui se dresse vers le ciel. C'est le temple du dieu du Ciel, Anou, et de sa dame, Ishtar. Ce temple s'appelle l'Éanna. On y fait des prières, on y apporte des offrandes de petits pains d'orge cuits avec soin ; on offre de l'huile, du vin et des viandes exquises. Cela réjouit Anou et sa dame qui hument la bonne odeur de toutes ces nourritures et s'en régalent. Alors, ils protègent la ville de tous les dangers. Les habitants sont fiers d'avoir pour dame du Ciel Ishtar, la déesse de l'Amour. As-tu regardé le ciel de nuit ? Une planète, l'étoile du Berger, brille de tout son éclat. C'est la plus séduisante du firmament. Eh bien, cette planète est celle de la déesse Ishtar. Tu l'observes chaque soir, tu resterais des heures à l'admirer. Pourtant, un jour, elle disparaît et ne reparaît pas durant des mois. On dit qu'Ishtar est descendue dans le monde souterrain des Enfers[1]. Mais un beau soir, elle en remonte et reparaît de nouveau dans le ciel, pour ta joie. Voilà pourquoi la ville est fière d'avoir construit un temple à la déesse de l'Amour dont la planète luit sur le monde comme un très gros joyau, un œil divin protecteur.

Sais-tu qu'il existe sous les murailles de la ville un coffret en métal de grand prix ? On fait toujours ainsi quand on construit une ville. Bien caché dans le chaud de la terre, le coffret contient une tablette en pierre précieuse. Sur sa face sont gravés les exploits du roi Gilgamesh, et les épreuves qu'il dut affronter pour découvrir les secrets de l'Univers. Mais commençons sans plus attendre le récit.

---

[1]. Les Enfers, ou l'Enfer, ou le monde d'En-bas, ou le monde souterrain, était le pays des morts, un pays d'ombres, un pays d'où l'on ne revient pas. Il était gardé par la reine Ereshkigal et ses assistants tels Nergal son mari, Anzou le grand vautour, le portier, la secrétaire, etc.

Chapitre 1
Un roi indomptable

Gilgamesh était le plus beau de tous les enfants des hommes. Son père s'appelait Lugalbanda. Sa mère était la divine Ninsouna, une femme belle et fière, qui avait le pouvoir magique de faire obéir les buffles sauvages. C'est pourquoi on la surnommait « la bufflesse ». Avec le lait dont elle nourrit son fils, elle lui transmit la force des buffles. Sans cette force reçue de sa mère, aurait-il eu le courage de franchir les montagnes, de s'aventurer dans les régions que le soleil n'éclaire jamais, de franchir la mer immense ? Oui, le roi Gilgamesh était bien né. Une puissance et une beauté inégalables, voilà ce qu'il avait reçu dès sa naissance en héritage.

Quand il commença à régner sur Ourouk-les-Enclos, Gilgamesh ne connaissait pas les limites de sa force. Il aimait se promener fièrement dans les rues de la ville. Il était arrogant, insolent. « Je suis le roi, je fais le roi », affirmait-il d'un air dédaigneux. Qui aurait pu lui tenir tête ?

Son orgueil devint si démesuré qu'il se mit à faire régner la terreur sur sa ville. Toutes les femmes, toutes les filles du pays, pensait-il, étaient sa propriété. Dès qu'il sortait de son palais, on prévenait vite les jeunes filles pour qu'elles rentrent se cacher avec les femmes. Même les hommes l'évitaient car il se mettait vite en colère. Il avait une escorte pour le protéger, mais il se moquait bien de se mettre en danger. Il était tellement sûr de sa force ! Et il maniait si bien les armes ! Il trouvait toujours un motif pour déclencher la bagarre : « Tu vas voir qui je suis », menaçait-il. Il passait à l'attaque et laissait à moitié mort le pauvre bougre qui avait eu le malheur de croiser son chemin. Puis tranquillement, il continuait sa promenade.

Les habitants d'Ourouk se réunirent en secret.

– Qu'allons-nous faire ? se demandèrent-ils. Le fils de Lugalbanda devient insupportable. Il harcèle nos femmes, il déshonore nos filles. Les plus forts d'entre nous se font rosser. Ne sommes-nous pas d'honnêtes citoyens de la ville ? N'avons-nous donc pas droit au respect ?

– Le mieux, proposa l'un d'entre eux, est de nous plaindre aux Grands Dieux. Offrons-leur des petits plats bien appétissants, faisons monter vers eux la fumée de viandes bien grasses. Ils humeront le parfum, ils se réjouiront et finiront bien par écouter nos plaintes.

On fit donc des offrandes et les Grands Dieux finirent par entendre la plainte des habitants. Ils allèrent trouver Anou, le dieu seigneur d'Ourouk :

– C'est bien toi qui as installé dans sa ville ce Gilgamesh de malheur ? Sais-tu qu'il sème la terreur sur son passage ? Les habitants ont construit un beau temple pour toi et pour ta dame Ishtar. Ne peux-tu rien faire pour eux ?

Ensuite, ils allèrent trouver la déesse Arourou, dont le métier était de créer les humains :

– C'est bien toi qui as formé les hommes ? Alors obéis à Anou. Il va te demander de créer un homme plus terrible qu'un ouragan. Il affrontera Gilgamesh. Ainsi les gens d'Ourouk auront la paix.

Arourou entendit leur conseil et répondit favorablement à la demande du dieu Anou. Après avoir trempé ses mains dans l'eau, elle prit un gros morceau d'argile et le déposa dans la steppe. Elle travailla l'argile pour façonner une créature : les jambes, le torse, les bras, la tête sortirent de ses mains expertes. La créature d'argile se mit à vivre. C'est ainsi que, dans la solitude de la steppe, naquit Enkidou l'homme sauvage.

L'homme sauvage

Enkidou avait le corps tout velu, des cheveux longs qui ondulaient comme les épis de blé sous la caresse du vent. Et avec ça, robuste et massif comme le dieu de la Guerre ! Né dans les espaces désertiques, il grandit sans voir un seul être humain. C'était un sauvageon, un mal dégrossi. Les bêtes étaient sa compagnie ; il broutait avec les gazelles, il allait boire aux mares avec les animaux sauvages. De sa bouche, sortaient des cris inarticulés, comme sont le brame des cerfs ou le grognement des sangliers.

Un jour, un jeune chasseur passa dans les environs. Il connaissait bien les endroits préférés des hardes[1], posait ses pièges toujours au bon endroit, creusait les fosses sur les passages des animaux et les recouvrait de roseaux. Ce jour-là, il venait relever les pièges qu'il avait posés quelques jours avant. Il était parti de chez lui quand le soleil n'était pas encore levé et, maintenant, il marchait sans bruit sur un sol marécageux. Il allait prudemment, sondant l'eau brune avec sa lance et cherchant à se repérer dans les rares déchirures du brouillard qui rampait sur le marécage.

Il finit par atteindre un sol plus ferme, et aperçut une étendue d'eau claire. Il se dit qu'après

---

1. Hardes : troupeaux de bêtes sauvages.

tout, les pièges pouvaient attendre et se mit à l'affût, pour le cas où une harde de biches et de cerfs viendrait s'abreuver au lever du soleil. Il posa sa lance, son arc et ses flèches, jeta quelques brindilles en l'air pour vérifier que le vent lui était favorable. Sur ces terres sans arbres, l'art du chasseur résidait dans sa capacité à rester parfaitement immobile ; nul oiseau au regard perçant, nul berger déplaçant son troupeau ne devaient repérer le chasseur ramassé sur lui-même, fondu dans le paysage comme une motte d'argile caressée par le vent.

Le chasseur attendait en rêvant à la biche qui pouvait à tout instant apparaître au bord de l'eau. Il songeait à la façon de projeter sa lance pour qu'elle fende l'air et atteigne la bête au garrot. Alors vif comme l'éclair, il se précipiterait pour lui trancher la gorge.

Fatigué d'attendre, le chasseur s'assoupit. Le lever du soleil le secoua de sa torpeur. Sur sa gauche, dans le lointain, il vit les premiers rayons du soleil incendier les murailles d'Ourouk. Autour de lui, le soleil commençait à chasser le brouillard. C'est alors qu'il les remarqua. Des hardes entières étaient là, silencieuses, au bord de la mare. Il ne les avait pas vues s'approcher. De grands cerfs indolents se désaltéraient en compagnie des chevreuils et des daims ; un peu à l'écart, des ânes sauvages, qu'on appelle des onagres, se mélangeaient à une compagnie de sangliers. Il y avait là plus d'animaux qu'aucun chasseur, dans toute une vie de traque, n'eût rêvé de tuer.

Médusé, le chasseur fixait son regard sur les têtes couronnées de grands bois, sur les crocs majestueux des sangliers, il s'étonnait de l'ampleur de ces croupes rebondies, des échines barbares. Et soudain, son regard fut happé par une forme tout juste sortie de la brume. L'effroi assombrit le regard du chasseur : cette chose qui allait et venait, respirait, imposait sa présence au milieu des grands cerfs, des chevrettes et des daims, cette chose N'ÉTAIT PAS UN ANIMAL !

Alors sans même songer à prendre son arc et sa lance, il s'enfuit vers Ourouk.

Assis en tailleur devant le feu où cuisait de la viande, son père mangeait en silence.

– Père, articula le jeune chasseur, j'ai vu le loulloû.

Le père leva des yeux vagues sur son fils, arrêta sa mastication, rota.

– Le loulloû, insista le fils. L'homme sauvage, si tu veux, la brute épaisse, le mal dégrossi. Je l'ai vu comme je te vois.

Le père cracha un bout d'os caché dans la viande, fixa son regard sur son fils :

— Le loulloû ne vit pas près des hommes.

— Je l'ai vu comme je te vois. Il était au milieu des bêtes qui viennent la nuit dans le grand marécage. J'ai observé les hardes, et au milieu, il y avait le loulloû.

— Un sanglier sûrement.

— Un sanglier ne se redresse pas sur ses pattes arrière.

— Un chevreuil.

— Un chevreuil ne rit pas. Je crois bien que je l'ai entendu rire.

Mais le père refusait de se laisser persuader. Les rides de son front se creusèrent : il recherchait dans son souvenir le peu qu'on lui avait appris sur l'homme sauvage. Le loulloû vivait au temps du jour ancien où, d'un coup de houe[1], le ciel et la terre furent arrachés l'un à l'autre. Les dieux l'avaient fabriqué grossièrement avec de l'argile. C'était bien avant que Lahar apprenne aux hommes à élever les brebis et qu'Ashan leur enseigne à semer les graines[2]. Le loulloû ne connaissait rien de tout cela, comment on sème, comment on s'occupe du bétail, ni même com-

---

[1]. Houe : outil à lame tranchante servant à travailler la terre. [2]. Lahar et Ashan sont les dieux qui enseignèrent aux hommes à élever les animaux et à cultiver la terre. Quand il fut créé par le dieu Éa et la déesse Arourou, l'homme n'était qu'un « loulloû », c'est-à-dire un homme grossier, qui avait encore tout à apprendre pour devenir un homme civilisé.

ment on chasse. Non, le loulloû, ne savait rien de tout cela. Voilà ce que le père, à mots saccadés, tira de sa mémoire pour le dire à son fils. Mais le fils ne se laissa pas démonter :

– Justement, père, il ne connaît pas tout cela. Il vit avec les bêtes, il est comme elles, il boit de l'eau. Quand je me suis enfui, j'ai retrouvé mes pièges : ils étaient tous cassés. Et les fosses que je recouvre de roseaux avaient été remplies de terre. Je suis sûr que c'est lui. Il est intelligent, il défend ses amis animaux. Il ne veut pas qu'on leur fasse du mal !

– Alors, dit le père enfin convaincu, voilà ce qu'il faut faire. Tu vas aller raconter tout cela au roi Gilgamesh. Je suis certain qu'il t'écoutera. Raconte-lui toute l'histoire et ensuite, fais ce qu'il te dira.

Le chasseur se présenta au palais et demanda audience.

– Voilà, dit-il au roi, l'aventure qui m'est arrivée.

Il raconta sa rencontre avec Enkidou, l'homme sauvage. Il décrivit son corps, ses muscles, son allure de mal dégrossi. Jamais il n'avait vu une créature aussi terrifiante.

– Sans doute, dit le roi, as-tu confondu avec un gros sanglier.

— Excusez, Majesté, mais un sanglier ne marche pas sur deux pattes.

— Alors avec un bouc sauvage. Les boucs se dressent sur leurs pattes pour grappiller les feuilles et les fruits.

— Mais les boucs ont des cornes ; lui, il n'en avait pas. Moi, je vous dis que c'est un louloû que j'ai vu. Un humain gigantesque, fort comme un roc tombé du ciel, avec des muscles qui roulent sous la peau, et un cou de taureau ! Voilà ce que j'ai vu ! Je me suis enfui, car j'ai eu peur de me faire écraser par une seule de ses mains si jamais il m'attrapait ! Il n'y a pas au monde un homme plus fort que lui.

Le roi Gilgamesh tressaillit comme si on venait de l'insulter. Une étrange étincelle s'alluma dans son regard :

— J'ordonne qu'on le ramène ici, dans ma ville. Fais-toi accompagner de Beauté-la-joie et retourne là-bas. C'est la meilleure de mes courtisanes, elle saura comment s'y prendre. Et quand il sera là, devant moi, on verra ce qu'on verra !

Beauté-la-joie

Le chasseur repartit, accompagné de la courtisane. Ils mirent trois jours pour arriver jusqu'à la mare, s'approchèrent avec précaution. Il n'y avait pas le moindre gibier. Ils s'installèrent de façon confortable et commencèrent l'attente. Au bout de deux jours, ils n'avaient toujours pas vu l'ombre d'un gibier. Mais le troisième jour, le chasseur effleura le bras de Beauté-la-joie. Une harde s'était approchée silencieusement de la mare : les animaux se tenaient là, pataugeant doucement dans l'eau, se délassant les muscles après toutes ces courses dans la steppe et s'abreuvant d'eau claire.

Tout d'abord, le chasseur ne vit pas le loulloû. Il fut pris d'un doute : avait-il donc rêvé la première fois ? Mais l'homme sauvage était bien là, au milieu de la harde. Il se penchait sur la mare et lapait l'eau comme un animal. Il ne savait même pas joindre ses deux mains et faire un creux pour y retenir l'eau, comme font les hommes quand ils boivent à une source ! Il lapait comme une bête. Beauté-la-joie était sans réaction. Elle qui était experte en hommes, elle n'avait jamais vu pareille créature. Était-ce d'ailleurs un homme, cette brute mal dégrossie, couverte de poils, grognant et poussant des cris venus des profondeurs de sa gorge, comme un cerf qui brame ?

Le chasseur secoua discrètement la courtisane :
– À toi de jouer, Beauté-la-joie. Enlève tes habits et montre-lui tes charmes. Attire-le, vas-y.

Mais la courtisane n'en finissait pas de s'extasier sur la scène incroyable : un homme sauvage au milieu des bêtes ! Son regard se fixait sur les têtes majestueuses des grands cerfs, sur les groins des cochons sauvages, sur les fronts bosselés des buffles aux cornes épaisses, sur leurs poitrails et leurs reins couleur de bitume. Beauté-la-joie embrassait tout cela d'un seul regard : les biches, les daims élégants créés pour la course, les bufflesses aux yeux songeurs, les onagres à l'étrange peau zébrée. C'était comme si toute la société animale s'était donné rendez-vous au point d'eau. Pour la première fois de sa vie, elle découvrait le monde caché des animaux sauvages, qui se tiennent habituellement éloignés des humains. Elle en tremblait, fascinée et craintive à la fois, comme si elle pénétrait dans un espace sacré. Et lui, le loulloû, allait sans crainte au milieu de ces bêtes. Il caressait l'échine d'un buffle, tapotait délicatement le flanc d'une biche, il s'avançait au milieu de ces animaux comme un roi au milieu de son peuple.

Il fallut que le chasseur pince le bras de Beauté-la-joie pour qu'elle sorte enfin de sa fascination. Elle s'approcha lentement, s'allongea sur l'herbe et attendit que le loulloû la repère. Alors elle enleva ses vêtements pour lui offrir ses charmes.

L'homme sauvage se montra méfiant tout d'abord, puis il se fit prendre au piège de sa beauté et vint s'allonger auprès d'elle. Beauté-la-joie le combla de douces caresses, et lui, le mal dégrossi, il en éprouva beaucoup de plaisir. Ils s'embrassèrent, s'enlacèrent, se cajolèrent. Pendant six jours et sept nuits, ils ne cessèrent pas de s'aimer.

Au bout des sept nuits, Enkidou voulut repartir avec ses amies les bêtes, mais elles s'éloignèrent de lui. Il voulut les rejoindre, mais ses jambes ne le portaient plus. Les sept nuits passées avec Beauté-la-joie l'avaient tellement fatigué qu'il ne savait plus courir comme avant. Alors, il revint s'asseoir auprès de la courtisane. Elle lui parla et il fut tout étonné de comprendre ce qu'elle lui disait en langage humain, lui qui ne connaissait jusqu'à présent que le langage des bêtes :

– Tu es beau comme un dieu, Enkidou. Tu ne peux pas rester toute ta vie à courir dans la steppe avec les bêtes sauvages. Tu ne sais pas ce que tu perds à rester ainsi dans ces régions désertiques. Je viens d'Ourouk, la ville que tu as dû apercevoir au loin sans jamais oser t'approcher. De solides remparts la protègent. Il y a des jardins, des arbres à l'ombre desquels on se repose. Tous les jours on joue de la musique, on fait la fête. Les hommes sont des costauds et les femmes sont très douces. Il y a un grand temple qu'on appelle l'Éanna. C'est là qu'habitent Anou, le dieu du Ciel, et sa dame Ishtar. Je t'y conduirai. Tu pourras rencontrer notre roi Gilgamesh. Il a la vigueur d'un taureau. Personne ne lui résiste.

En écoutant Beauté-la-joie, Enkidou réfléchissait.

— Allons-y, dit-il soudain. Je me mesurerai à ton roi. Nous verrons qui est le plus fort : l'homme de la ville ou celui de la steppe.

— Réfléchis bien, Enkidou, sinon tu vas dire des bêtises. Personne n'a l'obligation de faire ce qui est au-dessus de ses moyens. À Ourouk, tous les hommes sont des forces de la nature. Ils ne craignent ni les bêtes ni les hommes des autres villes. Mais aucun d'entre eux n'oserait se mesurer à Gilgamesh. Il est vif comme l'éclair, il frappe comme la foudre. Et rien ne le fatigue. Il fait la fête avec ses courtisanes, mais dès le matin, le voilà debout, prêt à tous les défis. Et si tu osais le provoquer, tu serais encore battu à cause de son intelligence. Il calcule tout, il prévoit tout. Il peut être aussi arrogant et brutal. Méfie-toi, Enkidou, cet homme n'est pas tout à fait un homme. Il est un dieu pour les deux tiers de sa personne et pour un tiers seulement un homme. Son père, Lugalbanda, était un demi-dieu. Et sa mère est Ninsouna-la-bufflesse.

Mais Enkidou s'entêta :

— J'ai été nourri avec le bon lait des bêtes de la steppe, je cours aussi vite qu'un onagre et je sais me battre avec les lions. J'affronterai ton roi et je gagnerai.

Beauté-la-joie eut peur tout d'un coup. Elle entrevit le combat, elle frissonna à la pensée que ces deux géants en arrivent à se battre sans qu'aucun l'emporte et qu'ils finissent par s'entre-tuer.

– Écoute, Enkidou mon ami, reprit la courtisane, qui te dit que le roi te veut du mal ? Pourquoi voudrait-il se mesurer à toi ? Il sait qu'il est le plus fort. Peut-être veut-il faire de toi son ami. C'est lui qui m'a envoyée te chercher, c'est sur son ordre que je t'ai offert mes charmes. Peut-être rêve-t-il de toi en ce moment même. Viens mon ami, mettons nous en route. Je suis sûre qu'il t'attend.

Les deux rêves du roi
Beauté-la-joie donna l'un de ses vêtements à Enkidou, puis ils se mirent en route. Le soir venu, ils firent halte auprès d'une cabane de bergers. Ceux-ci écarquillèrent les yeux lorsqu'ils virent arriver cette brute épaisse, si massive qu'on aurait dit une montagne en mouvement. Ils se dirent l'un à l'autre : « Ce gaillard ressemble à Gilgamesh, mais en mal dégrossi. Vouloir s'attaquer à lui, ce serait comme vouloir s'attaquer aux remparts d'Ourouk. Pure folie ! » Ils offrirent du pain et de la bière à l'homme sauvage qui les renifla avec méfiance.

– Mange le pain et bois la bière, dit Beauté-la-joie. C'est ainsi que les hommes ont l'habitude de se nourrir pendant que les bêtes boivent l'eau des mares.

Enkidou mangea le pain et reprit sept fois de la bière. Son cœur en fut rempli de gaieté. Il se lava le corps, puis il se parfuma avec de la bonne huile. Voilà qu'il ressemblait à un homme véritable. Il était beau comme un marié.

Lorsque la nuit arriva, il dit aux bergers de dormir tranquilles pendant qu'il surveillerait les troupeaux. Il saisit une massue et sortit de la cabane. Pendant que les bergers dormaient, tapi dans l'ombre, il épiait les loups et les lions qui osaient s'approcher des troupeaux et les massacrait sans pitié. Le lendemain, il reprit son chemin avec Beauté-la-joie.

Pendant qu'Enkidou marchait vers Ourouk, le roi Gilgamesh fit deux rêves. Dans le premier, il était entouré par les étoiles du ciel et il voyait une météorite tomber auprès de lui. Il voulait la soulever, mais elle était trop lourde. Les gens d'Ourouk venaient caresser le bloc de métal tombé du ciel, ils le choyaient comme on le fait pour un bambin, et Gilgamesh en prenait soin comme d'une épouse. Il finissait par le soulever et le déposait aux pieds de sa mère, Ninsouna, qui en prenait grand soin à son tour, comme si c'était son fils. Il raconta le rêve à sa mère qui lui dit :

– Mon fils, voici l'interprétation du rêve que les dieux t'ont envoyé : les étoiles représentent l'escorte de costauds qui sont à ton service. Le bloc de pierre céleste qui tomba si lourdement auprès de toi, que tu ne pouvais pas soulever tout d'abord et que tu caressais, ce bloc que tu as réussi ensuite à m'apporter et que je choyais comme mon fils, c'est un ami que les dieux ont décidé de t'envoyer. Il sera comme un autre toi-même, toujours là pour te rendre service. Si dans ton rêve tu le cajolais comme une épouse, cela signifie qu'il sera toujours là à tes côtés, prêt à te rendre service. Les dieux ne pouvaient pas t'envoyer un plus beau rêve, mon fils. Il t'est favorable.

Dans le deuxième rêve, Gilgamesh apercevait une hache posée au milieu d'une place. La foule se pressait pour l'admirer tandis que Gilgamesh était plein d'attentions envers elle, comme s'il s'agissait d'une épouse. Puis il la déposait aux pieds de sa mère Ninsouna qui en prenait grand soin.

Ninsouna lui dit :

– Voici l'interprétation de ce deuxième rêve. La hache représente l'ami très fort que les dieux vont t'envoyer. Plus fort qu'une météorite, il sera là à tes côtés pour te défendre et t'assister. Oui, les dieux sont avec toi, mon fils. Ils viennent de t'envoyer deux rêves favorables.

Gilgamesh répondit à sa mère :

– Si un véritable ami m'est donné, alors je ne connaîtrai pas de plus grande joie de toute mon existence. Puissent ces ceux rêves se réaliser !

Chapitre 2
Un combat de géants

À peine Beauté-la-joie et Enkidou étaient-ils entrés dans Ourouk qu'une grande foule les suivit. Les gens disaient : « D'où vient-il celui-là ? Il rappelle Gilgamesh, en plus petit mais en mieux charpenté. Regardez-moi ces os ! Il a sans doute mangé de la bonne herbe et bu du bon lait au milieu des animaux sauvages ! » La foule grossissait comme aux jours de fête. On se pressait pour apercevoir le loulloû. On frissonnait de peur en détaillant son anatomie, ce front, ce cou, ce corps à la charpente ossue, et tout bosselé d'énormes muscles. Et ces yeux, innocents et presque timides, qui luisaient d'éclairs tendres au milieu d'une tignasse en broussaille.

Des hommes d'Ourouk s'approchaient timidement comme pour tâter ses muscles, mais s'enfuyaient dès qu'il tournait la tête ou bougeait la main. Il ne parlait pas, non ; il soufflait et cela faisait un ronflement de forge. Et malgré cet air de brute, il y avait en lui quelque chose d'un enfant sage, tout ébahi de découvrir la ville. Il se laissait guider par Beauté-la-Joie qui lui tenait la main. Ils marchaient ainsi, la belle et la bête.

Le roi et la mariée

Comme ils arrivaient sur la place, un cortège de noces arrivait : la mariée, le marié, les invités, tous habillés en vêtements d'apparat. Plus beau que le marié, Gilgamesh précédait le cortège. Il avait en effet imposé la coutume de passer lui-même la nuit de noces avec la mariée. Cela déplaisait à tout le monde, mais personne n'osait protester.

Au premier coup d'œil, Gilgamesh jugea l'homme sauvage qui venait d'apparaître sur la place. Une montagne de chair, des muscles aussi durs que le bronze. Cela ne ressemblait à rien de ce qu'il avait vu jusqu'ici. Était-ce bien là un petit d'homme venu du ventre d'une femme ? Cette créature y eût été trop à l'étroit. Quelque dieu rusé l'avait extrait à coups de serpe d'une montagne d'argile, pour former cette créature démesurée, dotée d'une bouche pour mugir plutôt que parler, de poings capables d'assommer d'un coup les taureaux qu'on trouve dans les enclos sacrés. Arourou, la Grande Mère, était à coup sûr responsable de la chose. Elle l'avait façonné dans la solitude du désert, elle lui avait donné le souffle, et l'homme-argile avait rejoint les hardes et vécu avec elles. Ensuite, comme une grenouille rejoint le ruisseau qui rejoint la rivière qui rejoint le fleuve, l'homme sauvage était arrivé dans les lieux habités.

Gilgamesh sentit monter la colère en voyant Beauté-la-joie et l'homme sauvage s'avancer la main dans la main comme des amoureux. Sa colère redoubla quand il aperçut les gens d'Ourouk se précipiter aux pieds de la brute, se prosterner, et même tenter de le caresser. Après les premiers moments d'épouvante, ils n'avaient plus peur de lui. Ils sentaient que si quelqu'un pouvait mettre fin à l'arrogance de Gilgamesh, c'était bien lui. Le sang monta à la tête du roi. Il était rempli de rage.

Enkidou ne pensait à rien, se demandait vaguement, dans sa cervelle à court de mots, où Beauté-la-joie allait le conduire pour faire la fête. Allaient-ils se mêler à la noce où ils pourraient boire de la bière et danser toute la nuit ? Enkidou lui faisait confiance, comme on fait à une femme qu'on aime.

Gilgamesh fit arrêter le cortège.

– Étranger, cria-t-il. Nomme-moi le pays d'où tu viens pour que j'aille y faire ma récolte de sauvages. J'ai grand besoin d'esclaves et de bêtes de somme. Ce doit être un étrange pays où sans doute les chacals sentent moins mauvais que les hommes !

Enkidou, à qui s'adressait ce discours, ne comprenait pas grand-chose. On n'a pas l'habitude, chez les animaux sauvages, de s'envoyer des insultes. Gilgamesh continua :

– Je suis le fils de Lugalbanda et de Ninsouna. Mais toi, connais-tu seulement ton père et ta mère ou bien n'es-tu qu'un misérable bâtard ?

À quoi rimaient toutes ces grandes phrases ? Enkidou savait bien peu de chose sur les coutumes des humains. Il ne connaissait jusqu'ici que la courtisane et les bergers. Beauté-la-joie lui avait procuré le plaisir de l'amour, et les bergers celui de la bière et du pain. Et lui, pour remercier les bergers, il avait massacré les loups et les lions qui rôdaient autour des troupeaux. Beauté-la-joie l'avait prévenu, pourtant : Gilgamesh était un orgueilleux, un arrogant. Mais Enkidou avait encore beaucoup à apprendre !

L'affrontement
Gilgamesh s'approcha de la brute et lui posa la main sur l'épaule. Enkidou tourna un regard rempli d'innocence vers cette main qui s'appuyait sur lui, comme on regarderait un papillon qui se reposerait un instant sur votre peau.

– Ici je suis le roi, dit sèchement Gilgamesh. J'écarte toute personne qui porte atteinte à mes droits.

Cela dit, Gilgamesh revint au cortège, se saisit de la mariée et quitta la grand-place afin de se diriger vers la chambre réservée pour la noce. Alors, Enkidou se secoua de ses rêves d'innocence. Il se précipita derrière le roi, arriva avant lui à la chambre et se posta devant la porte pour en bloquer l'entrée. Un murmure d'effroi s'éleva dans la foule. Quelqu'un osait, pour la première fois, tenir tête au roi. Le pauvre bougre sorti tout droit de sa campagne allait-il se faire foudroyer ?

Mais Gilgamesh, au contraire, s'approcha et se prosterna devant lui :

– Je te salue, noble fils de poisson, né au hasard des accouplements dans les frayères[1].

Enkidou ne comprenait pas grand-chose à cette histoire de poissons. Il ne savait pas que lancer des insultes aussi graves était une façon de commencer la bagarre. Aussi lorsque Gilgamesh, se redressant, lui tendit la main, il la prit en toute innocence. Mal lui en prit, car le roi tira violemment

---

[1]. Les frayères sont les endroits où les poissons se reproduisent. Les femelles déposent leurs œufs, et les mâles versent sur les œufs le liquide qui les féconde. N'importe quel poisson peut donc être le père d'un petit. Dans les insultes qu'on lançait avant de s'affronter, les injures concernant le père, la mère étaient courantes. On cherchait à blesser violemment l'adversaire.

sur le bras de son adversaire, se laissa tomber sur le dos et rouler en arrière, envoyant, à l'aide de son pied, le pauvre loulloû planer dans les airs et se fracasser contre un mur de briques qui se lézarda sous l'effet du choc. Une rumeur d'admiration craintive monta de la foule. On ne savait pas qu'une montagne de chair et de muscles pût ainsi voler dans les airs par la grâce d'un royal catapultage. Le roi n'allait faire que deux bouchées du mal dégrossi. La foule retint son souffle.

Tout estourbi, Enkidou secoua la tête afin de retrouver ses esprits, se demandant à quoi rimait cette étrange manière de tendre la main et d'en profiter pour projeter son prochain dans les airs. Il n'en semblait pas attristé, ni trop meurtri. On crut le voir sourire à l'idée qu'il venait de voler dans les airs comme un oiseau. Voyant Gilgamesh s'approcher de nouveau, il se releva avec la souplesse d'une biche. Il émit quelques grondements en montrant toutes ses dents. Gilgamesh se fendit d'un sourire :

– Approche, mon frère, approche. Viens donc que je te donne un peu de mon affection.

Un frisson parcourut la foule. Ce gros veau bienveillant était-il bien à sa place face à cette machine de guerre qu'était Gilgamesh !

Une nouvelle fois, le roi lui prit la main et refit le même coup de la roulade arrière. Enkidou plana dans les airs avant de s'écraser sur la place. Il se releva lentement, à la recherche de son équilibre. Un profond silence tomba sur l'assistance quand Gilgamesh s'approcha de son adversaire pour porter le coup de grâce. Mais l'homme sauvage émit un cri rauque de taureau furieux et ceintura son adversaire. Et sa force était telle que le roi se sentit perdre souffle. Plus question d'insultes, ni de tenter la plus petite attaque, il fallait absolument retrouver sa respiration. Mais l'autre lui broyait les côtes, et la foule s'étonnait de n'entendre plus monter du gosier du roi qu'un petit cri d'oiseau, et l'on se dit que le combat était loin d'être terminé. À voir la force sauvage d'Enkidou, on craignait pour Gilgamesh, mais à cause de la science du combat de Gilgamesh, on craignait pour Enkidou.

Quand Enkidou se décida à relâcher sa prise, Gilgamesh tomba sur ses genoux. Le loulloû attendait la suite, un tantinet moqueur. Il commençait à trouver goût à la lutte.

Soudain, Gilgamesh s'accrocha à la cuisse d'Enkidou, mais celui-ci lui planta ses canines dans les reins. Le roi se dégagea d'un mouvement du torse, mais Enkidou, de ses mains de géant, s'en prit à son épaule qui craqua et se tordit comme du bois vert. Malgré la douleur, Gilgamesh s'acharnait sur la jambe de son adversaire, cherchant à le déséquilibrer. La jambe céda. Ils roulèrent tous les deux dans la poussière, sous les clameurs des gens d'Ourouk.

Gilgamesh se releva et se mit à courir sur la place, Enkidou sur ses talons. Gilgamesh feintait, esquivait, Enkidou s'arrêtait puis rattrapait son adversaire. Les deux géants s'empoignaient et se portaient des coups si violents que les portes des maisons volaient en éclats. Enkidou baissait la tête comme pour encorner l'adversaire, Gilgamesh résistait, portait ses attaques à son tour, mais n'aboutissait à rien. Il s'énervait, songeant à ses sujets en train de l'observer. Il reprit ses insultes obscènes, mais Enkidou ne les entendait pas ; elles glissaient sur lui comme le vent sur les pierres. Des « oh ! » montèrent quand le roi tomba, des « ah ! » surgirent quand il se redressa et que l'homme sauvage à son tour fut renversé sur le dos. Gilgamesh lui faisait au cou une clé mortelle, mais Enkidou, de ses jambes, lui faisait au corps une étreinte de serpent, à lui broyer les os. Ils étaient là, chancelants, défaillants, déployant pourtant des forces surhumaines. On se dit que la fin était proche, que l'un ou l'autre, forcément, allait accepter la défaite : des muscles qui défaillent, des vertèbres qui craquent et ce serait la fin.

Oui, la mort rôdait autour de ces deux corps,

attendant de faire son œuvre. Mais aucun des deux géants ne cédait. Ils semblaient enlacés pour l'éternité. Puis lentement, irrésistiblement, Gilgamesh relâcha ses efforts, et l'on vit distinctement la bouche du sauvage Enkidou s'approcher du cou de son adversaire et l'on se dit qu'il allait, de ses dents, le saigner comme un gibier. Mais soudain, Enkidou apaisa sa colère. C'est sur le front de Gilgamesh qu'il posa ses lèvres et Gilgamesh apaisa lui aussi sa colère. Ce furent de longues embrassades. Allongés dans la poussière, les deux adversaires n'en finissaient pas de se féliciter. Ils riaient, ils laissaient leur souffle et leur cœur se calmer ; puis enfin ils s'aidèrent mutuellement à se relever. Bras dessus, bras dessous, ils allèrent s'abriter à l'ombre des murailles et demandèrent qu'on leur apporte à boire.

La foule hurlait sa joie. Les dieux avaient entendu la prière des plaignants. Gilgamesh venait de trouver un ami. Jamais il ne serait plus comme avant.

Les deux amis
Le lendemain, quand le roi sortit du palais, il n'était plus seul. L'homme qui l'accompagnait lui ressemblait comme un frère. Même allure, plus petit mais plus costaud, comme disaient les gens.

Gilgamesh avait ceint d'un bandeau ses longs

cheveux souples et bouclés. Enkidou laissait les siens descendre librement sur les épaules, drus et ondulants. Ils riaient et se tenaient par l'épaule.

– Allons voir ma mère Ninsouna-la-bufflesse, je veux te présenter à elle, dit Gilgamesh. Sais-tu que j'ai fait des rêves où elle te cajolait comme son propre fils. Nous sommes frères tous les deux.

Tout ému et pleurant, Enkidou répondit :

– Ta mère a donné naissance à un être exceptionnel. Et les dieux ont eu raison de te faire roi. Tu domines tous les hommes de la tête et des épaules.

Mais après quelque temps passé au palais, Enkidou sombra dans la tristesse. Rien ne le réjouissait plus.

– Que se passe-t-il donc, mon frère ? lui demandait Gilgamesh, mais Enkidou ne savait pas répondre.

Gilgamesh pria Beauté-la-joie de s'occuper de lui, mais personne ne parvenait à lui enlever sa tristesse. Il pleurait au milieu des fêtes, il n'avait pas le goût à vivre.

– Est-ce que quelque chose ne va pas ? s'enquéraient tour à tour Beauté-la-joie et Gilgamesh ? N'es-tu pas heureux avec nous ?

Mais l'ancien homme sauvage ne savait pas donner de raison à sa mélancolie :

— Ma gorge se serre toute seule, constatait-il. Mes bras perdent leur force. La vitalité dans tout mon corps se change en fatigue.

Beauté-la-joie était très malheureuse de voir Enkidou sombrer dans la tristesse. C'est le mal-être, songeait-elle. Il s'ennuie. Cet homme né dans la steppe a tété le lait des bufflesses et des chèvres sauvages, il n'a connu ni père ni mère. Il lui faut tout apprendre, qui est un père, qui est une mère, qui est un ami. À Gilgamesh, elle confiait tout attristée :

— Je fais ce que je peux. Seulement voilà : la plus belle fille du monde ne peut donner que ce qu'elle a. Il a trouvé un frère en ta personne et c'est déjà beaucoup. Ce qu'il faudrait, c'est un projet, un très grand projet qui scellerait votre amitié pour toujours. Quelque chose à la limite de l'impossible et qui vous lierait à la vie à la mort.

— Je vais y réfléchir, répondit le roi.

Chapitre 3
En route pour la Forêt des Cèdres

— Écoute-moi, mon ami, mon frère, dit un jour Gilgamesh. Il me manque quelque chose.

— Que pourrait-il bien manquer au riche et puissant roi de la ville d'Ourouk ? répliqua Enkidou.

— La célébrité. Voilà ce qui me manque. Viens avec moi défier Houmbaba, le gardien de la Forêt des Cèdres. Nous le tuerons et nous serons connus dans l'univers entier.

— Tu es complètement fou, répondit Enkidou. Pendant que je courais dans la steppe avec les animaux sauvages, j'ai appris à connaître cette Forêt dont tu parles : elle fait cent cinquante lieues[1] de tour. Et tu ne connais pas ce Houmbaba qui la surveille. C'est un Géant, avec une face

---

[1]. Cent cinquante lieues : environ six cents kilomètres (une lieue = environ quatre kilomètres).

horrible. Sa bouche crache le feu et le soufre, son souffle répand la mort. Un simple bâillement de sa part, te voilà asphyxié par son haleine immonde. Un seul de ses regards te terrorise. Le dieu Wêr, qui a la Forêt pour domaine, lui a donné sept manteaux et chacun de ces manteaux a un pouvoir magique. On ne blesse pas Houmbaba, on ne le tue pas. Il ne dort jamais. Si tu avances d'un pas dans la Forêt, immédiatement il te jettera un sort et tu seras paralysé.

– Aurais-tu peur, Enkidou ? demanda Gilgamesh. Viens, allons trouver les Anciens. Nous allons leur exposer notre projet.

Ils se présentèrent aux Anciens de la ville et Gilgamesh leur dit :

– Je veux tuer Houmbaba. Je deviendrai célèbre dans le monde entier.

Les Anciens se récrièrent que c'était la plus belle sottise qu'ils avaient jamais entendue. De la pure folie ! Ils tentèrent de le faire changer d'avis, mais ce fut peine perdue. Alors, ils lui donnèrent ce conseil :

– Regarde bien où tu mettras les pieds, ô roi. Et que ton regard scrute avec attention l'ombre des cèdres. Tu ne partiras pas sans Enkidou. Il connaît les lieux, il marchera devant toi. Celui qui va devant protège celui qui le suit. Et voici notre bénédiction : que ton dieu favori te protège tout

le temps que durera le voyage. Qu'il soit encore à tes côtés sur le chemin du retour à Ourouk.

Alors Gilgamesh s'agenouilla et fit cette prière à Shamash, le dieu-Soleil :

— La route que je vais prendre, je ne l'ai encore jamais parcourue. Chaque tournant cache un piège. Si jamais je reviens vivant, je me prosternerai dans ton temple et je serai ton fidèle dévot[1].

Et Gilgamesh, en récitant cette prière, versait beaucoup de larmes. Les Anciens lui souhaitèrent encore une fois bonne chance :

— Que ton père Lugalbanda veille sur toi de là-haut[2]. N'oublie pas de l'invoquer sur la route, et n'oublie pas non plus le dieu Shamash. Qu'il y ait toujours de l'eau fraîche dans ton outre. Enkidou t'accompagne ; tu pourras compter sur ce fidèle ami à chacun de tes pas.

Gilgamesh quitta les Anciens et prit le chemin de la forge en compagnie de son ami :

— Il nous faut des épées de plus de cinquante kilos, des haches du même poids, et des boucliers, commanda-t-il aux forgerons.

— Qui voulez-vous massacrer avec des armes

---

1. Dévot : quelqu'un qui s'attache personnellement à un dieu. **2.** Le père de Gilgamesh était célébré comme un dieu. Il n'est donc pas dans le monde d'En-bas, mais avec les autres dieux du Ciel.

pareilles ? Vous voulez tailler en pièces la montagne ? demanda l'un d'eux.

– Ce n'est pas ton affaire, répliqua Gilgamesh. Fabrique-nous les haches les plus lourdes et les épées les plus coupantes que tu aies jamais forgées. Je veux aussi des baudriers pour soutenir tout cela.

Lorsque les forgerons eurent fabriqué les armes gigantesques, les deux amis s'en emparèrent. Aux hommes d'Ourouk, Gilgamesh cria :

– Mes amis, souhaitez-nous bonne chance, nous en avons besoin, car la route est longue et périlleuse. Faites un bout de chemin avec nous. Faites-nous de la musique de fête pour nous donner courage, après quoi Enkidou et moi nous continuerons seuls.

Les deux héros quittèrent donc en cortège Ourouk-les-Enclos. On jouait pour eux de la musique, on entonnait des chants sacrés. Puis Gilgamesh et Enkidou se retrouvèrent seuls sur la route. Le périlleux voyage commençait.

La prière de Ninsouna pour son fils

Pendant ce temps, Ninsouna, la mère de Gilgamesh, se lava et se parfuma, mit sa plus belle robe et choisit ses plus beaux bijoux, puis elle monta sur une haute terrasse pour rester seule avec Shamash, le dieu-Soleil. À la face du dieu, elle fit monter de l'encens. Elle se prosterna devant lui, se releva et leva les deux mains vers le ciel pour dire sa prière :

— Pourquoi donc m'as-tu donné un fils aussi intrépide ? Il ne fatigue jamais. C'est toi qui lui as inspiré ce long voyage, jusqu'à la Forêt des Cèdres gardée par le féroce Houmbaba. Je sais que tu hais ce monstre, aussi je te supplie de protéger mon fils chaque jour, pendant que tu fais luire tes rayons sur la Terre. Et chaque soir, quand tu quittes le ciel pour t'allonger auprès de la déesse Aya ta compagne, qu'elle prenne le relais. Quelle n'oublie surtout pas de confier le destin de mon fils aux grandes étoiles qui brillent à ta place dans le ciel. Veille aussi sur Enkidou. Je ne lui ai pas donné la vie, mais il est pour moi comme un fils et, pour Gilgamesh, comme un frère. Que tous les deux reviennent sains et saufs et jouissent d'une longue vie.

Ninsouna éteignit l'encens mais demeura en prière toute la nuit. Elle s'endormit sur la terrasse au petit matin, et Shamash vint la visiter dans un rêve :

— Confie ton fils Gilgamesh à Enkidou que les dieux lui ont envoyé comme ami. Il sera son garde du corps.

Alors elle fit cette prière au dieu Shamash qui commençait sa course dans le ciel :

— Enkidou n'est pas sorti de mon ventre, mais il

aime mon fils Gilgamesh comme un frère. Ô Shamash, fais de lui un serviteur sacré. Il est né dans la grande steppe, sorti des mains d'Arourou, mais aujourd'hui, grâce aux dieux, il est venu ici dans cette ville. Qu'il veille à chaque instant de sa vie sur le roi d'Ourouk. S'il voit le danger s'approcher, qu'il le prenne sur lui. S'il voit la mort rôder, qu'il la détourne. Qu'il mette sa force, son courage et son cœur au service de son roi.

Marcheurs infatigables
– Nous ferons autant d'étapes qu'il le faudra, décida Gilgamesh. Nous mangerons et nous camperons en chemin. Nous marcherons quarante lieues chaque jour, et plus s'il le faut. Le chemin est long jusqu'à la Forêt.

Ils marchèrent quarante lieues, après quoi ils avalèrent quelques bouchées. Ils marchèrent encore soixante lieues et campèrent pour la nuit. En trois jours, malgré leur lourd équipement, les deux amis parcoururent la distance qu'un voyageur ordinaire franchit en un mois et demi. Ils marchaient, s'arrêtaient pour avaler quelques bouchées, ils reprenaient leur route et s'arrêtaient de nouveau le soir pour camper, sous la protection des grandes étoiles. Le jour, Shamash brillait au-dessus de leurs têtes.

Tout en cheminant aux côtés de son ami, Enkidou revoyait les premières années de sa vie. Les souvenirs se levaient en lui comme la musique du vent à travers les roseaux. Il revivait la couleur des saisons, les longs raids à la recherche de nourriture et d'abris. Les jours passés avec les hardes de la steppe étaient lisses et frais comme des eaux du matin. Les animaux ne se quittaient jamais : ils savaient que leur force était là, dans le fait de vivre toujours en groupe. Mais quand l'un deux tombait dans les filets d'un chasseur, toute la harde s'enfuyait, et quand la bise glaciale faisait mourir l'un d'eux – un vieux cerf, un jeune faon affaibli – on le laissait là et l'on reprenait l'incessant voyage. Les animaux ne s'apitoyaient jamais ; tel était leur destin. La mort frappait l'un d'eux, on ne s'attardait pas, on passait.

Sans doute parce que sa nature était différente, Enkidou venait parfois au secours d'un plus faible. Il déchirait à pleines dents les filets tendus par les chasseurs où se prenaient les jeunes bêtes. Il rebouchait les fosses. Cela lui semblait normal.

« Seulement voilà », songeait Enkidou, « depuis que je suis arrivé à Ourouk je ne vis plus de la même façon. Je bois de la bière, je suis pris de désir pour les femmes, je crains pour mon ami Gilgamesh. On m'a chargé de risquer ma vie pour lui. Et je crois bien que j'en suis heureux ». Mais soudain, le spectre d'Houmbaba envahissait son crâne. Houmbaba le Géant au souffle de mort. Sept éclairs magiques pouvaient sortir à tout moment des sept manteaux pour paralyser le pauvre humain qui osait s'approcher. « Que le dieu Shamash nous donne sa force », pria-t-il. « Sans lui, nous allons au désastre. »

Dans le cercle magique

Une chose préoccupait les deux amis : la nuit, aucun rêve ne leur venait, et cela les inquiétait. Comment prévoir son destin si les rêves vous fuient ? La route leur réservait-elle des surprises ? Parviendraient-ils jusqu'à la Forêt des Cèdres ? Sortiraient-ils vainqueurs du combat contre le monstrueux Géant ?

– Pouvons-nous continuer notre route si les dieux ne nous visitent pas pendant notre sommeil ? se désespérait Gilgamesh.

– Il faut tracer un cercle sacré, répondit Enkidou, un cercle où les puissances mauvaises ne peuvent pas entrer. Nous allons le tracer au sommet d'une montagne, pour être plus près du ciel. Tu y entreras et tu y dormiras. Nous verrons bien si les dieux nous abandonnent !

Ils gravirent une haute montagne. En son sommet, Gilgamesh fit brûler une résine odorante capable de plaire au dieu Shamash et dit :

« Montagne, apporte-moi un songe favorable. »
Puis il s'assit, posa les bras sur les genoux et la tête sur les bras. Autour de son ami, Enkidou traça un cercle magique pour qu'aucun esprit mauvais ne vienne le déranger. Comme le soir tombait, Gilgamesh s'endormit. Au milieu de la nuit, il reçut un rêve.

– Mon ami, dit Gilgamesh à son réveil, voici le rêve que j'ai fait. Nous avancions à travers des vallées profondes quand tout d'un coup la montagne s'écroula sur nous. Alors, nous nous sommes tous les deux transformés en mouches et nous nous sommes envolés.

– C'est un bon rêve, estima Enkidou. Il nous est favorable. La montagne de chair qu'est Houmbaba pourrra bien s'écrouler sur nous, nous lui échapperons et nous le tuerons. Et nous laisserons son cadavre aux mouches. Je suis sûr que Shamash aujourd'hui nous enverra des signes.

Plusieurs soirs, ils refirent la même offrande au sommet d'une montagne. Gilgamesh brûlait la résine odorante, s'asseyait les bras sur les genoux et la tête sur les bras, et Enkidou traçait autour de lui le cercle magique. Gilgamesh raconta un nouveau rêve :

– Le rêve que j'ai fait cette nuit est effrayant. Voici : un buffle énorme m'attaquait. Ses meuglements étaient terribles à entendre. Chaque coup de sabot fendait la terre. Il faisait monter la poussière si haut qu'elle masquait le ciel.

– Sois sans crainte, ami, répondit Enkidou. Voici l'interprétation de ton rêve : le buffle qui fonçait sur toi n'était pas un ennemi. C'était la lumière en personne, Shamash le dieu-Soleil. Shamash est fort comme un buffle, mais il nous a toujours été favorable. Ne laisse pas l'inquiétude s'insinuer dans ton cœur. À deux, nous sommes forts. Nous accomplirons un exploit grandiose.

Après avoir marché de nombreuses heures, ils gravirent une nouvelle montagne. Gilgamesh brûla la résine odorante, s'assit les bras sur les genoux et la tête sur les bras. Enkidou traça autour de lui le cercle magique. Au matin, Gilgamesh se réveilla le visage défait. Son corps tremblait :

– Voici, dit-il à son réveil, le nouveau rêve que j'ai fait ; il était encore plus effrayant. Le tonnerre remplissait le ciel. Le sol mugissait comme un troupeau de buffles en colère. Puis il s'est fait un silence de mort et l'obscurité est tombée sur le monde. Soudain, un éclair immense a zébré le ciel, le feu s'est déversé à n'en plus finir sur la terre, faisant pleuvoir la mort. Ensuite, tout s'est calmé. Le feu est devenu braise et les braises sont devenues cendres. Viens Enkidou, j'ai peur, j'ai peur. Descendons vite de cette montagne.

Ils dévalèrent la montagne en courant. Arrivés dans la vallée, Enkidou dit à son ami :

– Pourquoi t'inquiètes-tu ainsi, Gilgamesh ? Voici l'interprétation de ton rêve : le tonnerre a parlé, le feu de mort s'est répandu sur la terre. Mais le tonnerre a cessé, le feu est devenu braise et la braise est devenue cendre. C'est le feu qui est mort. Houmbaba est le feu, mais il deviendra cendre. Nous vaincrons ce terrible Géant.

Chapitre 4
Le Géant Houmbaba

Ils marchèrent encore des jours et des jours. Un midi, ils aperçurent enfin la Forêt qui tapissait toute la montagne. Elle était si vaste qu'elle paraissait continuer derrière l'horizon.

– Tu vois, constata Enkidou, les dieux nous ont guidés jusqu'ici. Elle est là, devant nous.

Mais plus ils s'approchaient, plus Gilgamesh se sentait repris de frayeur. La Forêt était si épaisse et les arbres si hauts que seul Shamash, du haut du ciel, pouvait y plonger son regard. C'était un endroit terriblement sombre où aucun homme n'aurait pu construire sa demeure. Seul, telle une araignée géante au milieu de sa toile, Houmbaba y avait son repaire. Il captait les bruits portés par le vent, les odeurs, le frissonnement des arbres. Qu'un pauvre fou essaie de franchir la lisière, le monstre apparaissait, enveloppé dans ses sept manteaux magiques aux éclats lugubres.

Gilgamesh s'était-il vraiment rendu compte de l'énormité du défi qu'il avait lancé ? Maintenant qu'il se trouvait à l'orée de la Forêt, il tournait et retournait dans sa tête les risques mortels. Houmbaba les avait déjà repérés, il en était certain. Sans doute le Géant manœuvrait-il discrètement dans l'ombre des arbres. Gilgamesh se souvenait des paroles des Anciens : « Et surtout, scrute avec attention l'ombre des cèdres ! » Il crut voir des formes bouger, il eut peur, posa un genou à terre et se mit à pleurer.

Mais Shamash se souvint de la demande de Ninsouna, la mère de Gilgamesh. Du haut ciel, avec l'un de ses rayons, il illumina le corps et l'esprit de Gilgamesh et lui parla ainsi :

– Houmbaba a commis l'imprudence de sortir de son antre avec un seul manteau. Foncez dans la Forêt et attaquez-le avant qu'il n'ait le temps de mettre les six autres.

Gilgamesh retrouva aussitôt son courage. Saisissant son ami Enkidou par la main, une hache de soixante kilos dans l'autre, il fonça sous les arbres comme un taureau furieux. Mais Houmbaba était sur ses gardes. Il poussa un cri qui jette l'épouvante, ce qui paralysa les deux amis. Il en profita pour s'enfuir. On n'entendait plus rien. Le monstre avait dû regagner son repaire. Désormais, le combat serait beaucoup plus difficile.

À son tour, Enkidou ressentit le découragement.

– Nous n'arriverons à rien, Gilgamesh. Maintenant, Houmbaba a enfilé ses sept manteaux. Il suffit que je fasse quelques pas sous les arbres, et je serai paralysé au moindre éclat de ses manteaux dans mes yeux.

Mais Gilgamesh avait retrouvé toute sa bravoure :

– Pourquoi penses-tu que nous avons fait ce long voyage ? Nous ne reviendrons pas avant d'avoir abattu tous les cèdres. Avant, il faut donc tuer Houmbaba. N'as-tu pas frotté ton corps avec des herbes magiques ? Tu n'as donc pas à craindre la mort. Deux petits lions sont plus forts qu'un gros lion, une corde à plusieurs brins est plus solide qu'une simple corde. Restons au bord de la Forêt, tu verras : Houmbaba va venir et alors, qu'il ait ses sept manteaux ou pas, nous l'attaquerons et nous le tuerons. Et si tu te sens faiblir à cause de ses cris, hurle plus fort que lui !

Dans la sombre Forêt
Ils s'allongèrent à la lisière de la Forêt pour scruter l'ombre des arbres. Leurs yeux s'habituant à l'obscurité, ils virent qu'aux endroits où le Géant avait l'habitude de passer, des chemins bien droits s'étaient formés. Au bout de ces chemins, au cœur de la Forêt, les cèdres recouvraient des pentes

raides qui paraissaient monter jusqu'à la demeure des dieux. C'était par là qu'Houmbaba avait son repaire. Alors ensemble ils se saisirent de leurs armes et prirent l'un des chemins fréquentés par le Géant pour s'enfoncer dans la Forêt.

À mesure qu'ils s'approchaient des pentes raides, de douces odeurs de résineux parvenaient jusqu'à leurs narines. Il faisait bon marcher à l'ombre des frondaisons, avec tous ces parfums délicats exhalés par les arbres. Sûrement, ils s'approchaient de la demeure des dieux. Mais soudain, un fossé profond les arrêta. Ils décidèrent de le franchir, mais tombèrent peu après sur un second, moins profond. Ils le franchirent à son tour et relevèrent la tête : dans l'ombre se dressait la haute silhouette du gardien de la Forêt. Juste derrière lui, une silhouette plus petite se fondait dans la lumière grise.

– Eh toi, le roi d'Ourouk, hurla Houmbaba, où as-tu trouvé des conseillers assez fous pour te pousser à venir m'affronter ? Et, toi, Enkidou, tu ne vaux pas mieux que les poissons qui ne connaissent pas leur père. Tu es un bâtard, le fils de personne. Comme les tortues, tu n'as jamais tété le lait de ta mère[1]. Je t'ai souvent observé pendant que tu

---

[1]. Encore de violentes insultes avant le combat. Houmbaba accuse Enkidou de ne pas savoir qui est son père ni qui est sa mère.

courais dans la steppe. J'aurais dû te tuer alors. Ainsi, tu n'aurais pas conduit ton ami Gilgamesh jusqu'à mon repaire. Oui, voilà ce que j'aurais dû faire : te déchirer la gorge, t'arracher le cœur et le jeter en pâture aux vautours.

Tout en criant ces insultes, Houmbaba changeait de visage, et la terreur s'empara de Gilgamesh devant l'aspect lugubre qu'avait pris la peau du Géant. Mais Enkidou lui dit :

– Ce n'est pas le moment de baisser la tête comme un coupable ni de parler en mettant la main sur la bouche. Le vin est tiré, il faut le boire. N'attendons plus, attaquons ! As-tu repéré son aide, qui se cache derrière lui ? Je vais m'en occuper. Occupe-toi du Géant. Et surtout, essaie de ne pas recevoir dans les yeux l'éclat de ses manteaux.

Le combat

Gilgamesh se rua sur Houmbaba et frappa plusieurs fois à la tête, mais celui-ci lui rendit coup pour coup. La Forêt se mit à trembler à cause du fracas des armes et de cette grande fureur. Les cèdres gémissaient, les branches se brisaient. Le peu de lumière filtrée par les arbres se changea en brouillard. Houmbaba parait les coups de hache qui allaient s'enfoncer dans les troncs ; des cèdres vacillaient.

Houmbaba était un adversaire redoutable et

Gilgamesh était bien à la peine. Heureusement, le dieu Shamash déclencha une mini-tornade qui s'abattit sur le Géant. Gilgamesh en profita pour redoubler ses attaques.

Déséquilibré par la mini-tornade, Houmbaba comprit qu'il perdait le combat. Il s'adressa à Gilgamesh :

— Sais-tu que je suis un protégé du Grand Dieu du ciel ? Si tu me tues, il se vengera sur toi. Ne sommes-nous pas toi et moi des enfants nés de la femme ? Pourquoi nous chercher querelle ? Si tu me laisses la vie, tu pourras choisir tous les arbres que tu voudras. Je te laisserai couper les plus précieux, ceux avec lesquels on construit les grands temples et les plus beaux palais.

Enkidou venait de tuer l'aide de camp d'Houmbaba. Il s'adressa ainsi à Gilgamesh :

— N'écoute pas ce que dit Houmbaba. Il ment.

Alors Houmbaba s'adressa à Enkidou :

— Toi au moins, Enkidou, tu sais que je ne suis pas ton ennemi. Combien de fois aurais-je pu te tuer quand tu étais avec les animaux sauvages ? Je t'épiais, caché derrière les arbres. Il me suffisait de te décocher une flèche et tu aurais servi de nourriture aux charognards de la steppe. Je t'en prie, demande à ton ami de me laisser la vie !

Mais Enkidou harangua Gilgamesh :

— Tue-le, mon ami, tue ce maudit Géant. Fais

vite, car il se pourrait bien que les dieux entendent ses supplications et déclenchent leur colère contre nous ! Tue-le vite !

Houmbaba comprit alors qu'il n'aurait la vie sauve qu'en tuant ses deux adversaires :
– Je vous maudis, gronda-t-il ! Vous ne vivrez pas assez longtemps pour voir vos cheveux blanchir. La vie est un très long voyage, mais la vôtre s'arrête aujourd'hui.

Les deux amis redoublèrent leurs assauts contre Houmbaba qui avait retrouvé toutes ses forces. Il bondissait, jaillissait, cherchait à prendre en défaut ses adversaires. Mais Gilgamesh et Enkidou le harcelèrent jusqu'à ce qu'il tombe raide mort à leurs pieds. Au moment même où le Géant s'abattait, de profondes ténèbres recouvrirent la Forêt.

Les deux héros crièrent leur joie :
– Nous avons vaincu le plus grand des géants, le protégé du dieu Wêr ! À nous les arbres ! La Forêt entière nous appartient ! Sans plus attendre, ils attaquèrent les cèdres à grands coups de hache. Enkidou choisissait les plus beaux, Gilgamesh les abattait. Ils en trouvèrent un si élancé que la cime se perdait dans le ciel. Dès qu'ils l'eurent abattu et ébranché, un parfum subtil s'échappa du grand tronc couché. La qualité du bois était

exceptionnelle, sa couleur et ses veinures étaient des plus rares.

– Quelle merveille, s'extasia Gilgamesh. Voici un arbre digne des dieux. Cela fera une porte magnifique pour la maison sacrée du dieu Enlil, dans la ville de Nippour. Construisons un radeau et transportons tout ce beau bois par l'Euphrate.

Chapitre 5
Le Taureau du Ciel

Lorsque les deux amis rentrèrent à Ourouk, la nouvelle se répandit plus vite que le vent :
– Venez voir les deux héros : ils ont tué le gardien de la Forêt des Cèdres et coupé les arbres. C'est le plus grand exploit de tous les temps. Personne ne sera jamais plus célèbre que Gilgamesh et Enkidou !

Le roi rentra dans son palais, se lava, se parfuma et coiffa sa superbe chevelure qui descendait jusqu'aux épaules. Il endossa une riche tunique et enroula autour de sa taille une ceinture faite dans une étoffe rare. Puis il mit sa couronne et alla se promener sur la plus haute terrasse du temple d'Ishtar.

La déesse de l'Amour, Ishtar, était très belle. Elle savait ruser et séduire, se faire toute douce ou se mettre en colère, s'impatienter pour mieux arriver à ses fins. Dès qu'elle vit Gilgamesh, aussi superbement vêtu, elle en tomba follement amoureuse :

– Viens, Gilgamesh, viens donc auprès de moi. Tu seras mon mari. Personne au monde ne sera plus riche que toi. Je te donnerai en cadeau un char aux roues en or massif, des chevaux de course, des étalons fougueux. Nous vivrons tous les deux dans un palais en bois de cèdre rose. Tous les gens qui me servent dans mon temple, les prêtres et les prêtresses d'Ishtar, seront à tes pieds. Les princes de la Terre se prosterneront ; ils te combleront de cadeaux. Tu seras propriétaire de troupeaux de chèvres et de moutons, d'ânes et de mulets. Et tes bœufs seront les plus résistants du pays.

Mais Gilgamesh se méfiait de la rusée déesse.

– Tu me décris mes cadeaux, répondit-il, mais tu ne me dis pas quelle dot je devrai verser à mon tour : quels parfums, quels colliers, quelles robes magnifiques, quelles viandes et quels fruits délicats, quelles boissons divines. Veux-tu que je te rappelle la liste de tous tes amants ? Tu les as séduits, mais ensuite tu les as tous précipités dans le malheur. Et c'est ce que tu cherches à faire avec moi maintenant.

Entendant ces paroles, la déesse Ishtar s'assombrit. Mais Gilgamesh n'en avait pas encore fini :

– Je vais te raconter une histoire, dit-il.

« Il y avait un berger, très jeune et très doux. Il rencontra une très belle déesse, il l'aima et il était heureux avec elle. Elle habitait le Ciel, elle avait pour maison sur la Terre son beau temple d'Ourouk ; les gens la vénéraient et elle régnait sur eux. Mais le Ciel et la Terre ne lui suffisaient pas. Un jour, elle fut prise de tocade : elle décida de descendre dans le monde souterrain des Enfers. Elle prépara son expédition, fit ses recommandations à ses serviteurs pour qu'ils s'occupent de tout durant son absence, puis quitta le temple d'Ourouk. Quand elle arriva aux Enfers, elle frappa à la porte. Le chef portier lui répondit :

– Que viens-tu faire ici, toi la vivante ? Et d'abord qui es-tu ?

– Je suis la reine du Ciel, je vis au pays où le soleil se lève.

– Si tu connais l'endroit où le soleil se lève, que cherches-tu par ici ? Il n'y a ni arbres ni verdure, ni êtres vivants. Et celui qui passe cette porte entre dans un endroit d'où personne ne revient. Le sais-tu bien ?

– Pas tant de bavardages ! répondit la déesse. Je viens voir la reine des Enfers, Ereshkigal, qui est ma sœur aînée. Annonce-lui ma visite.

– Attends ici, dit le chef des portiers. Je vais informer ma reine.

Le chef portier s'en vint se prosterner devant sa souveraine :

– Ô reine, une étrange visiteuse vient d'arriver.

Elle est très agressive et veut pénétrer à tout prix jusqu'ici. Elle dit qu'elle est votre sœur. Elle s'est parée de colliers, de bracelets, s'est maquillée de façon fort coquine, elle porte ses plus beaux habits.

Ereshkigal répondit au chef des portiers :

– Tu vas la faire entrer et lui faire franchir les sept portes des Enfers. Dès qu'elle aura passé une porte, ferme le verrou derrière elle. Je veux qu'elle arrive devant moi nue comme un ver.

Le chef portier exécuta les ordres de la reine des Enfers. À la première porte qu'Ishtar passa, il ferma le verrou et lui demanda d'ôter sa couronne.

– Qu'est-ce que cela signifie ? objecta l'arrogante reine du Ciel.

– Silence, lui répondit-on. On ne discute pas les rites du monde d'En-bas.

Elle franchit donc une à une les sept portes, et à chaque fois on lui demanda d'enlever un bijoux, un vêtement, si bien qu'elle se retrouva nue devant Ereshkigal qui l'attendait assise sur son trône, entourée des juges du monde souterrain. La reine des Enfers lança sur la reine du Ciel un regard assassin, puis elle poussa un cri terrible qui transforma la reine du Ciel en cadavre.

Alors les juges prononcèrent la sentence :

– La reine du Ciel est condamnée à rester aux

Enfers. Maintenant qu'elle est devenue un cadavre, qu'on lui lie les pieds et qu'on la suspende à un clou. »

Le roi Gilgamesh s'arrêta :
— Veux-tu que je continue l'histoire ? demanda-t-il moqueur.
— Tais-toi, gronda Ishtar, sinon je te punirai.
Gilgamesh éclata d'un grand rire :
— Punir et te venger, c'est tout ce que tu sais faire. Car voici la suite de l'histoire. Bouche toi les oreilles si tu ne veux pas l'entendre :

« La très belle déesse, c'était toi, et le jeune berger était ton premier mari, le dieu Tammouz. Il aimait la campagne, les troupeaux, les bois, les arbres, les fruits et les fleurs. Il aimait vivre et rire à la lumière du soleil, entouré de ses jeunes agneaux. Mais toi, par ton entêtement, tu t'étais précipitée comme une idiote aux Enfers, et il fallait bien que tu en ressortes. Les dieux du Ciel intervinrent en ta faveur pour que la reine d'En-bas te laisse remonter sur la Terre. Mais elle répondit que le chemin qui conduit chez les morts est sans retour. Ils insistèrent. Alors, elle leur dit que si quelqu'un venait prendre ta place, elle te libérerait aussitôt. Elle fit décrocher ton cadavre du clou où il était suspendu, elle te réveilla et te demanda qui tu voulais envoyer à ta place dans le monde des morts. Tu connais la suite : tu donnas le nom de Tammouz, ton jeune mari ! Sept démons sortirent des Enfers et se précipitèrent vers la bergerie où il dormait au milieu de ses agneaux. Les démons les piétinèrent ; ils renversèrent le lait, cassèrent les jattes et les cruches, et ils le réveillèrent pour l'emporter dans le monde des morts. »

Voilà ce que tu fis de lui : tu le condamnas à prendre ta place, et toi, maintenant, tu es bien vivante devant moi et tu me demandes si je veux être ton mari ! Recommenceras-tu avec moi ce que tu as fait à Tammouz ? Ou encore à tous ces hommes que tu as précipités dans le malheur ? Une jeune gardien de bétail t'aimait, il t'offrait du bon pain cuit dans la braise, et il te sacrifiait les plus beaux petits de son troupeau. Mais toi, un jour, tu as décidé de le transformer en loup. Et tous les bergers des environs ont lâché sur lui leurs chiens qui l'ont dévoré. Et rappelle-toi encore le jardinier de ton père, à qui tu demandais des caresses, tu l'as finalement changé en crapaud.

Gilgamesh continua très longtemps ses reproches, ce qui rendit Ishtar furieuse. Elle courut voir le dieu Anou :

– Gilgamesh m'a ridiculisée ! Il a débité des horreurs sur mon compte. Je t'en prie, donne-moi le Taureau du Ciel et je l'enverrai sur Terre corriger cet orgueilleux roi.

Anou se méfiait un peu de la bouillante Ishtar :
– N'est-ce pas plutôt toi qui l'as provoqué ?
– C'est très simple, répliqua Ishtar. Si tu ne me donnes pas le Taureau du Ciel, je mets le feu à son palais, ensuite je descends dans les Enfers, je réveille les morts et je les envoie manger les vivants ! Voilà ce que je ferai !

Alors Anou lui remit la corde du Taureau du Ciel. Ishtar s'éloigna avec l'énorme bête, descendit à la porte de la ville, et là, elle lui enleva sa corde. Le Taureau du Ciel déboula dans les rues d'Ourouk, furieux, les yeux injectés de sang. Ses sabots martelaient si durement le sol qu'on croyait entendre gronder le tonnerre. De ses naseaux sortait un souffle violent qui creusait des crevasses où les gens tombaient par dizaines. Enkidou lui-même y fut précipité jusqu'à la taille. Mais il en remonta, courut se poster face au Taureau et l'attrapa par les cornes. La bête furieuse le frappa de sa queue et se libéra. Gilgamesh accourut :
– Mon ami, lui dit Enkidou, en unissant nos forces, nous avons tué le Géant Houmbaba. Faisons la même chose avec ce Taureau des dieux. Je vais l'attraper par la queue et tu vas l'attaquer à la tête. Enfonce ton épée entre les cornes, un peu en arrière, vers la nuque.

Le Taureau continuait à répandre la désolation dans la ville. Les deux héros le rattrapèrent. Ses yeux lançaient des éclairs meurtriers ; ses naseaux écumaient et sa queue fouettait les airs. Enkidou l'attaqua par derrière et Gilgamesh lui fit front. Il évita les cornes et plongea son épée dans la nuque. Le Taureau fléchit aussitôt sur ses pattes et roula au sol.

Les deux héros lui arrachèrent le cœur et en firent une offrande au dieu Shamash. Du haut des remparts, Ishtar fit une lamentation sur le Taureau :

– Malheur, pleurait-elle, le roi d'Ourouk m'a insultée, humiliée, et maintenant il a tué le Taureau du Ciel. Malheur !

Avec son épée, Enkidou découpa une patte du Taureau et la jeta à la tête de la déesse :

– Tu as de la chance, lui cria-t-il. Si c'était toi que j'avais attrapée, je t'aurais fait un collier avec les tripes du Taureau !

Ishtar se retira furieuse. Elle ordonna aux serviteurs de son Temple sacré une lamentation sur la patte du Taureau. Pendant ce temps, Gilgamesh arracha les cornes et les fit examiner par les artisans de la ville. Personne n'avait jamais vu des cornes aussi gigantesques. Dans le creux de chacune, on pouvait verser une énorme quantité d'huile. Gilgamesh décida de les transformer en vases sacrés pour faire des libations[1] à son dieu préféré.

Il convia les habitants d'Ourouk à une grande fête. On mangea, on but. Et Gilgamesh répétait :

– Qui est plus fort que Gilgamesh et Enkidou ? Avez-vous vu comment Ishtar a reçu la patte du Taureau dans la figure ?

Il buvait et chantait. À ses côtés, Enkidou faisait de même. Les deux amis riaient du bel affront qu'ils venaient de faire à Ishtar. Soupçonnaient-ils qu'elle avait déjà commencé à préparer sa vengeance ?

---

[1]. Faire des libations : répandre un liquide (vin, huile, etc.) en guise d'offrande à un dieu.

Chapitre 6
La maladie mortelle

Dans la nuit, Enkidou fit un mauvais rêve. À peine réveillé, il se précipita pour le raconter à son ami :

– Les dieux se sont rassemblés là-haut pendant que nous faisions la fête. Ils ont décidé de se venger de l'affront que nous avons fait à Ishtar. C'est moi qu'ils ont choisi pour me tuer. Vite, courons à Nippour. Nous allons supplier le dieu Enlil. N'est-ce pas moi qui ai fabriqué la belle porte de son temple ? Il ne pourra pas nous refuser le pardon.

Arrivés à Nippour, ils se prosternèrent devant la magnifique porte du Temple, fabriquée avec le plus beau cèdre abattu dans la Forêt d'Houmbaba.

– Porte, porte, suppliait Enkidou, rafraîchis ta mémoire. Te rappelles-tu qui t'a fabriquée ? Et maintenant, Enlil, à qui nous l'avons offerte, veut me faire mourir. Tu ne m'as pas porté bonheur, tu ne me donnes en remerciement que le malheur. Je te maudis, porte !

– Ne maudis pas cette porte sacrée, je t'en supplie, ô mon ami ! dit Gilgamesh. D'ailleurs, était-ce bien toi que les dieux condamnaient à mourir dans ton rêve ? N'était-ce pas plutôt quelqu'un d'autre ?

Mais Enkidou ne voulait rien entendre :

– Je maudis la porte du temple et je maudis aussi le chasseur et la courtisane Beauté-la-joie qui n'auraient jamais dû m'attirer dans le monde des humains. J'étais si bien avec mes amies les bêtes sauvages. Je courais tous les jours dans la steppe avec elles. Je ne pensais qu'à vivre : je n'avais pas peur de mourir ! Parce que tu m'as fait connaître le destin des hommes, toi, Beauté-la-joie, je déclare à mon tour quel sera ton destin : tu n'auras jamais de maison à toi, ni d'enfants ; tous les ivrognes, les pouilleux et les vagabonds seront tes amants.

La fièvre s'était emparée d'Enkidou, voilà pourquoi il délirait. Il avait à peine maudit Beauté-la-Joie que déjà il se repentait et lui promettait un autre destin :

– Excuse-moi, Beauté-la-joie, pour mes méchantes paroles. Voilà quel sera ton destin :

princes et gouverneurs accourront vers toi pour te prendre pour amante. Tu seras comblée de bijoux, tu feras fortune avec tous les cadeaux de tes riches amants.

Enkidou fut contraint de se coucher, car ses forces l'abandonnaient. Il faisait rêve sur rêve, tous très inquiétants. Il rêva des Enfers. Voici ce qu'il raconta à son ami :

– J'ai rêvé que le grand vautour, celui qui a des pattes de lion et des griffes d'aigle, m'attrapait par les cheveux pour m'emporter au pays des morts. Je me débattais, mais il était plus fort que moi. Il me jetait par terre et me lacérait de ses griffes. Et je t'appelais, Gilgamesh, je t'appelais : « Au secours, viens m'aider ! » Mais tu ne venais pas. J'étais seul dans les griffes du grand vautour.

Rempli de fièvre et de peur, Enkidou grelottait.

– Je l'ai reconnu, oui. Ce grand vautour s'appelle Anzou. Il me transforma en pigeon et m'emporta vers le pays dont aucun homme ne revient. Nous avons marché jusqu'au bout du chemin sans retour. Il y avait la Maison sans lumière. Dans la pénombre de la Maison, j'aperçus des milliers d'êtres humains, tous transformés en volatiles. Je vis même des rois, changés également en pigeons, et aussi de hauts dignitaires. Pourtant, durant leur vie, ces grands personnages avaient offert les plus beaux sacrifices à leurs dieux ! Ils les avaient régalés avec les meilleurs plats et les meilleures boissons. Et maintenant, ils se retrouvaient-là, dans la Maison sans lumière, oubliés par leurs dieux. Et puis, je te le jure, j'ai aperçu la reine des Enfers en personne, Ereshkigal. À côté d'elle, se tenait sa secrétaire, une tablette d'argile à la main[1]. La reine des Enfers a jeté sur moi un regard étrange : « Qui donc a amené cet homme ici ? » a-t-elle demandé, et personne n'a répondu. Aussitôt, j'ai tout compris, Gilgamesh. J'étais arrivé à la fin de ma vie. Tous les jours que j'avais vécus étaient inscrits là, sur la tablette : j'avais dépensé tout mon compte. Il ne m'en restait aucun ! Et toi, mon ami, tu ne pouvais plus rien pour moi. Dans la vie, nous étions inséparables, mais tu me laisses partir tout seul au pays des morts.

Une statue d'or et de pierres fines

Après une maladie de douze jours et de douze nuits, Enkidou mourut. Et Gilgamesh se lamenta :

– Écoutez-moi, vous tous, écoutez-moi ! Écoutez-moi et pleurez, vous tous qui l'avez connu. Pleurez, vous les bêtes sauvages, les lions, les panthères. Pleurez, vous les paysans et les bergers, et toi aussi, Beauté-la-joie, la courtisane. Et vous, les

---

[1]. Sur la tablette d'argile, la secrétaire tient le compte exact du nombre de jours que les dieux ont accordés à chaque homme en fixant son destin.

Anciens de la ville d'Ourouk, écoutez-moi pendant que je chante la complainte de mon ami :

– Enkidou, tu étais ma hache, mon épée, mon bouclier, ma robe de fête. Quel sort cruel t'arrache soudain à moi ? Toi, l'onagre, la panthère du désert, toi avec qui j'ai gravi la montagne, tué Houmbaba le Géant et coupé les cèdres, toi avec qui j'ai tué le Taureau du Ciel, quel est ce lourd sommeil qui soudain t'accable ? Et tu ne m'entends plus !

Enkidou ne remuait plus la tête. Gilgamesh toucha son cœur, mais il ne battait plus. Alors, il recouvrit d'un voile le visage aimé, comme on le fait pour une fiancée. Il se mit à tourner autour de lui comme un aigle tournoie ; il allait et venait, inquiet comme une lionne à qui l'on a volé ses petits. Il défit sa coiffure et les cheveux masquèrent son visage, il déchira ses beaux habits.

Au petit matin, il appela tous les artisans de la ville, ceux qui fondent le métal, travaillent l'or et les pierres précieuses :

– Orfèvres, métalliers, joailliers, faites une statue de mon ami. Je veux qu'elle ait exactement les proportions de mon ami. Mettez-vous au travail dès maintenant. Prenez votre plus bel or et vos plus belles pierres. Rien n'est trop beau pour la statue de mon ami.

Le long voyage

Quelqu'un erre à travers la steppe désertique. Il a les cheveux sales, les habits déchirés. Il marche en titubant, il ne sait pas où il va. De loin, on le prendrait pour Enkidou du temps où il courait avec les hardes ; il lui ressemble. Mais Enkidou est allongé là-bas, sur son lit de mort, dans la ville. Celui qui marche à l'aventure, c'est Gilgamesh, le fier roi d'Ourouk. Il pleure et se lamente :

– Est-ce que je vais devoir mourir, moi aussi ? J'ai vu partir mon ami très cher, celui avec qui j'ai gravi les montagnes, abattu le Géant Houmbaba et le Taureau du Ciel. Il était un autre moi-même. Et maintenant qu'il est mort, l'angoisse s'est logée comme un serpent dans mon cœur. Je ne veux plus dormir dans mon palais, je ne veux plus dormir dans la ville depuis que la Mort a su y trouver Enkidou. Je suis devenu un errant dans la nuit.

Ainsi se lamentait le grand roi. Il allait au hasard et se retrouva au pied de hautes collines. Il songea alors à Outa-Napishtî qui vivait là-bas, bien au-delà des montagnes, loin de tous les humains. Cet homme-là avait un secret.

Gilgamesh allait s'engager sur les premières pentes quand il aperçut des lions. Il se mit à trembler de peur. Alors il leva les yeux vers le dieu-Lune et le pria ainsi :

– Ô Sîn, toi qui illumines la nuit, écarte de moi

tout danger. J'ai tué le Géant Houmbaba et voilà que de simples lions me font peur. Redonne-moi courage.

Aussitôt il retrouva sa vaillance. Les fauves couraient, rugissaient, profitaient de la vie avec toute la force et la souplesse de leurs corps, alors qu'Enkidou gisait tout raide sur son lit de mort. Cela mit Gilgamesh en colère. Il tomba sur eux à la vitesse de l'éclair et, à grands coups d'épée, il les massacra tous jusqu'au dernier. Après quoi, il passa son chemin. La route pour arriver jusqu'à Outa-Napishtî serait longue.

Il parvint au pied d'une étrange montagne formée de deux sommets entre lesquels s'ouvrait un défilé bordé de falaises abruptes. Une profonde obscurité y régnait. C'était le seul passage pour arriver de l'autre côté. Gilgamesh était résolu à emprunter ce chemin privé de lumière quand deux formes remuèrent sur le flanc de la montagne.

– Nomme-toi, étranger, cria une voix. D'où viens-tu et que viens-tu faire ici ?

Les deux formes se rapprochèrent. Gilgamesh reconnut un couple d'hommes-scorpions. La tête et le haut du corps étaient ceux d'un être humain, le bas du corps celui d'un scorpion couvert d'écailles. Un dard géant, planté au bout d'une queue de scorpion, se dressait au-dessus de leur tête. L'un était un mâle, l'autre une femelle. Un éclat lugubre émanait de leur visage et des écailles de leur corps. On sentait que ces êtres-là avaient leurs habitudes avec la mort. Gilgamesh fut paralysé de terreur.

– Je me nomme Gilgamesh, articula-t-il péniblement. Je suis le roi d'Ourouk.

– Ces montagnes qu'on appelle « les Jumeaux » touchent le ciel par leurs cimes et les Enfers par leurs racines. Elles sont les gardiennes de l'itinéraire du soleil. Shamash, le dieu-Soleil, sort de terre là-bas, derrière elles, pour commencer sa course dans le ciel. Personne n'a jamais franchi les Jumeaux. Aucun homme n'a la permission de les parcourir. Vois-tu ce défilé entre les deux sommets ? C'est la nuit obscure. Tout homme s'y perdrait. Dans ces endroits où le soleil prépare sa course, il n'y a pas de couleur. Il sort de terre, il s'élève dans le ciel aussitôt et très vite il s'en va, avant d'éclairer ces montagnes.

– J'ai entrepris le chemin pour rencontrer Outa-Napishtî le Lointain, dit Gilgamesh. Il connaît un secret qui me rendrait heureux s'il voulait bien me le confier. Me laisseras-tu passer ? Et d'abord puis-je connaître ton nom ?

– Je suis un scorpionide, je m'appelle donc le Scorpionide. Il n'y a pas d'autre nom. Et ma femme que voici est la Scorpionide. On nous a

placés ici pour garder le défilé. Si tu essaies de passer, homme, prépare-toi à mourir.

Gilgamesh savait que le Scorpionide ne plaisantait pas. Une seule piqûre de son dard était mortelle. Le voyage s'arrêtait-là. Jamais il n'obtiendrait le secret d'Outa-Napishtî. Des larmes de désespoir coulèrent sur son visage.

Mais la Scorpionide s'adressa à son mari :

— Ne vois-tu pas que cet étranger n'est pas tout à fait un homme ?

— C'est vrai, reconnut le Scorpionide. Son corps reflète un éclat que seuls possèdent les dieux.

— Il n'est humain que pour un tiers de sa personne, reprit la Scorpionide. Les deux autres tiers sont ceux d'un dieu. Laissons-le donc passer.

Alors l'homme-scorpion s'adressa au roi d'Ourouk :

— Quel est donc ce secret qui t'oblige à entreprendre un si long voyage ?

— Je sais qu'Outa-Napishtî a obtenu un privilège des dieux. Il a reçu d'eux une « vie-sans-mort ». Je voudrais l'interroger sur la vie et la mort.

— Alors, écoute-moi bien, dit le Scorpionide. Personne n'a encore tenté le voyage que tu as la folie d'entreprendre. Personne n'est entré dans ce défilé des Jumeaux. L'obscurité, comme je l'ai dit, y est totale. Sur trente lieues, tu ne rencontreras aucune lueur, aucun rayon de lumière, aucun jour. Seulement les ténèbres angoissantes. Veux-tu vraiment continuer ta route ?

— Oui, répondit Gilgamesh. J'y suis décidé.

— Alors, bonne chance, dit le Scorpionide. Tu en as besoin.

Gilgamesh s'engagea aussitôt dans le défilé plus noir que la nuit. Il parcourut environ trois lieues : obscures étaient les ténèbres, pas la moindre lueur. Il n'apercevait rien ni devant ni derrière lui. Il parcourut cinq, puis dix lieues : obscures étaient les ténèbres, pas la moindre lueur. Il n'apercevait rien ni devant ni derrière lui. Il parcourut treize, puis quinze, puis dix-huit lieues : obscures étaient les ténèbres, pas la moindre lueur. Il n'apercevait rien ni devant ni derrière lui. Il parcourut vingt lieues : il hurla son angoisse, car obscures étaient les ténèbres, pas la moindre lueur. Il n'apercevait rien ni devant ni derrière lui. Lorsqu'il eut parcouru près de vingt-trois lieues, il sentit un bon vent sur son visage et se mit à sourire, même si les ténèbres étaient encore très épaisses. Il n'apercevait rien ni devant ni derrière lui. Au bout de vingt-cinq lieues, il sentit que quelque chose changeait. Il parcourut encore près de trois lieues et aperçut la faible lueur du jour. Il parcourut encore la même distance et se retrouva en plein jour.

Il regarda tout étonné. Un jardin enchanté se dressait devant lui. Les arbres avaient pour fruits des pierres précieuses. Un cornalinier avait pour fruits de la cornaline. Un lazulier avait un feuillage et des fruits de lapis-lazuli d'un bleu éclatant. Un autre arbre avait des fruits de marbre blanc veinés de noir. L'arbre-obsidienne portait des fruits noirs qui s'entrechoquaient comme du verre. Il y avait beaucoup d'autres arbres secrets dont Gilgamesh ne connaissait même pas le nom, comme le laroussou qui avait pour fruits des pierres-sâsou, et encore cet arbre qui portait des pierres-absamou de couleur verte.

Gilgamesh contempla longtemps ce jardin enchanté. Puis il poursuivit son chemin.

Sidouri la cabaretière

Gilgamesh arriva au bout de la terre ferme. En face de lui, la mer immense. Sur la plage, une petite maison se dressait, entourée d'un enclos garni d'un banc et de jarres remplies de bière. Depuis le seuil de la porte, une femme, la tête couverte d'un voile, regardait s'approcher le voyageur.

« Que peut bien faire cet homme dans les parages ? » se demanda-t-elle. « Il a la silhouette d'un dieu, mais il est sale et vêtu comme un vagabond. Qui sait s'il ne s'est pas enfui de chez lui après avoir commis un meurtre ? »

Vite elle rentra dans sa maison et barra sa porte.

Gilgamesh tambourina, mais la femme n'ouvrit pas.

– Qui es-tu, l'homme ? Et que viens-tu faire dans ces contrées que personne ne fréquente ? Réponds-moi.

– Je suis Gilgamesh, roi de la grande ville d'Ourouk-les-Enclos. Au pays d'où je viens, tout le monde connaît mes exploits. C'est moi qui ai tué le Taureau furieux descendu du ciel. Et j'ai tué Houmbaba le Géant qui gardait la Forêt des Cèdres. Avant de franchir le défilé des Jumeaux, j'ai massacré des lions. Et je pourrais bien fracasser ta porte, cabaretière, si tu persistes à ne pas m'ouvrir.

La porte s'entrouvrit, la figure de la femme apparut :

– Moi, je suis Sidouri, la cabaretière. Et je ne te crois pas. Si tu as fait tout ce que tu dis, tué le Taureau, massacré des lions et abattu le gardien de la Forêt des Cèdres, pourquoi es-tu si sale, pourquoi as-tu ces habits en haillons, ces joues creuses mangées par la barbe ? Le soleil et la pluie ont crevassé ta peau ; tes cheveux sont remplis de poussière et emmêlés comme des broussailles. Et je sens ton ventre gargouiller de faim et de peur. Vraiment tu ne ressembles pas à un roi.

– C'est, répondit Gilgamesh que je viens de très loin. Je me suis mis en route après un grand malheur. J'avais un ami, Enkidou, que j'aimais comme un frère. Avec lui, je ne craignais personne. C'est avec lui que j'ai marché jusqu'à la Forêt des Cèdres et abattu Houmbaba. C'est avec lui que j'ai tué le Taureau Géant. Nous étions heureux, nous parcourions les rues de la ville en riant, nous chantions, nous faisions la fête. Mais un jour, le destin cruel l'a frappé. Une maladie de douze jours et de douze nuits l'a terrassé. Il était étendu devant moi, sur son lit de mort. Il ne m'entendait plus, il ne parlait plus, il ne respirait plus. Son corps, quand je le touchai, ne frémissait plus. Je ne voulais pas croire qu'il ne se réveillerait plus. Alors je l'ai veillé pendant sept jours et sept nuits, jusqu'à ce que je me persuade qu'il n'était plus qu'un cadavre. Ensuite, je suis parti. J'ai quitté la ville, j'ai erré dans la steppe, et aujourd'hui tu me vois ici, devant toi. J'ai peur.

– De quoi donc as-tu peur ?

– C'est, répondit Gilgamesh, une peur qui n'a pas de nom. Ce n'est pas la peur qu'on éprouve devant un ennemi, non, ni celle qui vous prend quand un volcan se met à gronder. Ce n'est même pas la peur que j'ai eue devant Houmbaba. Cela n'a pas de visage, ça ne ressemble à rien. Mon ami me racontait ses rêves, juste avant de mourir. Je n'arrive pas à oublier. Cela me prend au ventre, cela se loge dans les chairs et dans les tendons, à la jointure de mes os.

– Te voilà tout pâle, Gilgamesh.

– Tout pâle, oui, comme Enkidou quand il est mort. S'il te plaît, cabaretière, donne-moi un peu de bière et indique-moi le chemin qui conduit jusqu'à Outa-Napishtî. Si j'ai entrepris ce long voyage, c'est pour le rencontrer. Est-il possible de traverser la mer ? Indique-moi le moyen, je t'en prie. Sinon, je rebrousserai chemin, mais jamais plus je ne retournerai dans ma ville. Je ne veux plus de palais, de couronne, de beaux habits, de maison, de femmes, de courtisanes, d'enfants. Comme une ombre, je continuerai à errer dans la steppe désertique. Je ne veux plus jamais rire, danser et faire la fête.

La cabaretière ouvrit toute grande sa porte, fit asseoir le voyageur et courut lui chercher un grand bol de bière. Il but, le regard dans le vague. Quand il levait la tête, il voyait bien devant lui Sidouri la cabaretière, mais il ne voyait pas vraiment, sous son voile, la couleur éclatante de ses cheveux souples. Il ne voyait pas la forme exquise de ses yeux en amande. Sous son vêtement léger, il n'apercevait pas sa séduisante beauté de femme. Elle le regarda boire et se remettre des fatigues du voyage, puis s'adressa à lui :

— Gilgamesh, jamais aucun humain n'a traversé la mer. Seul le dieu-Soleil la traverse dans le ciel. Mais jamais, de mémoire de femme, aucun humain n'a tenté l'aventure. Quel héros le pourrait ? Il y a de violents courants et, tout au milieu, s'étendent les Eaux-de-Mort. Si jamais tu y parvenais, une seule goutte de cette eau sur ta peau te tuerait. Outa-Napishtî est bien gardé, comme tu le vois. Quand il veut passer la mer pour venir jusqu'ici s'asseoir sur ce banc, il fait appel à son passeur, Our-Shanabi. C'est un marin très habile. Pour traverser les Eaux-de-Mort, il se fait accompagner par les Hommes-de-pierre. Ceux-là n'ont pas peur de l'eau qui tue puisque leur chair et leur peau sont en pierre. Les Eaux-de-Mort ne sont pas très profondes. Ils peuvent descendre et pousser la barque. Voilà comment Our-Shanabi fait traverser la mer à son maître.

Gilgamesh avait-il seulement entendu les propos de Sidouri ? Il tenait son bol de bière à deux mains, la nuque lourde, le corps prostré.

— Gilgamesh, Gilgamesh, poursuivit la cabaretière, pourquoi erres-tu comme un pauvre fou ? Tu poursuis un rêve irréalisable. Regarde-toi, vois tes cheveux sales, tes joues creuses, tes yeux éteints. Ce rêve te ronge. Il t'a fait entreprendre un long voyage, mais il n'y a rien au bout. Rien, tu entends ! La vie-sans-mort, cherche-la partout, tu ne la trouveras pas. Quand les dieux ont créé les humains, ils leur ont fait cadeau de la mort. La vie, ils l'ont gardée pour eux. Tout ce chemin que tu viens de parcourir t'éloigne des vrais plaisirs qui conviennent aux humains. Retourne donc vite dans ta ville, mange, bois, fais la fête. Oui, jour et nuit, fais la fête, danse, danse encore au son de la musique. Lave-toi, parfume-toi, prends ta femme dans tes bras et aime-la. Prends ton enfant par la main et montre-lui les oiseaux, les fleurs. C'est cela la vie d'un homme ; c'est cela le destin accordé par les dieux.

Gilgamesh posa son bol de bière et se leva :

– Où pourrais-je trouver ce Our-Shanabi ?

– Pas loin d'ici. Il est occupé à couper des branches en compagnie des Hommes-de-pierre. Va le trouver. Mais crois-moi, il refusera de te prendre dans sa barque.

– C'est ce qu'on verra, grommela Gilgamesh.

Our-Shanabi et les Hommes-de-pierre

Gilgamesh s'approcha en silence de l'endroit indiqué par la cabaretière. Il aperçut Our-Shanabi en train de couper des branches, en compagnie des Hommes-de-pierre. Alors en poussant de grands cris, il passa à l'attaque. Our-Shanabi le vit brandir sa hache et se sauva. Gilgamesh massacra les Hommes-de-pierre puis se mit à la poursuite du passeur. Il lui asséna sur la tête un coup qui l'étendit par terre.

Quand Our-Shanabi revint à lui, Gilgamesh était penché sur son visage :

– Qui es-tu, étranger ? demanda le passeur. Que fais-tu dans ces régions où aucun être humain ne s'aventure ? Pourquoi ces joues maigres, cette peau crevassée ? Et pourquoi cette peur dans tes yeux ?

– Je suis Gilgamesh, roi d'Ourouk. J'ai perdu mon ami Enkidou. Je l'aimais plus qu'une femme, plus que moi-même. C'était un fils du désert, une panthère de la steppe. Avec lui, j'ai franchi les montagnes, parcouru le chemin de la Forêt des Cèdres. Ensemble nous avons tué le Géant Houmbaba, nous avons massacré le Taureau du Ciel. Personne n'est devenu plus célèbre que nous. Seulement voilà, une maladie est tombée sur lui. Je l'ai veillé douze jours et douze nuits, puis j'ai veillé son cadavre sept jours et sept nuits. Ensuite je me suis enfui dans la steppe et j'ai erré, par peur de mourir. Mon ami Enkidou est devenu argile, et moi je ne veux pas être argile à mon tour. Je ne veux pas me coucher comme lui, délirant et grelottant de fièvre, pour ne plus jamais me relever. Voilà pourquoi j'ai entrepris ce dur voyage. Je veux que tu me conduises jusqu'à Outa-Napishtî le Lointain.

– Gilgamesh, je veux bien t'emmener là-bas.

Mais voilà, tu viens de compromettre nos chances de réussir la traversée. Tu n'aurais jamais dû massacrer les Hommes-de-pierre. Ils m'aidaient beaucoup au moment de traverser les Eaux-de-Mort. Alors, voici ce que tu vas faire : prends ta hache et coupe dans la forêt cent vingt perches hautes de trente mètres. C'est la bonne mesure pour traverser la passe des Eaux-de-Mort. Taille-les en pointe pour qu'elles s'appuient sans glisser sur le fond de la mer, puis charge-les dans ma barque.

Gilgamesh fit ce que lui demandait le passeur. Ils prirent la mer tous les deux et naviguèrent si vite qu'ils mirent trois jours à parcourir la distance qui demande habituellement un mois et demi.

– Voici les Eaux-de-Mort, cria Our-Shanabi qui faisait la vigie sur l'avant. Écarte-toi du bord, Gilgamesh, et fais attention à ne pas recevoir d'éclaboussures sur ta peau. Prends une perche et pousse le bateau.

Gilgamesh prit une première perche de trente mètres et l'enfonça lentement dans l'eau jusqu'à ce qu'il touche le fond de la mer. Il poussa, et quand l'eau allait arriver à ses mains, il lâcha la perche.

– Une deuxième ! commanda Our-Shanabi le passeur.

Gilgamesh fit de même avec une deuxième,

puis une troisième, puis une quatrième perche. Il la plantait dans le fond de la mer, poussait et la lâchait avant que l'eau ne monte jusqu'à ses mains. À la cent vingtième perche, ils avaient franchi les Eaux-de-Mort. Alors Gilgamesh enleva ses vêtements et descendit dans l'eau pour pousser la barque jusqu'à la terre qu'on apercevait au loin.

Chapitre 7
Le secret d'Outa-Napishtî

Debout sur la plage, Outa-Napishtî vit la barque arriver.

– Où sont les Hommes-de-pierre ? s'étonna-t-il. Et qui est cet étranger qui pousse la barque ?

Our-Shanabi accosta et descendit sur la plage suivi de Gilgamesh.

– Quel est cet homme que tu m'amènes, Our-Shanabi ? demanda Outa-Napishtî. Personne n'est jamais venu ici à part toi et les Hommes-de-pierre.

– Je m'appelle Gilgamesh, dit le roi d'Ourouk.

– Pourquoi donc as-tu les joues creuses, une barbe aussi sale, cette peau toute crevassée ? Pourquoi cette grande peur sur ton visage ?

– J'habite dans la ville d'Ourouk-les-Enclos et j'en suis le roi, répondit Gilgamesh. Mais j'ai quitté ma ville et entrepris ce long voyage pour venir te trouver. Tu comprends pourquoi j'ai les joues creuses, la barbe sale, la peau ridée et crevassée. Quant à la peur que tu lis dans mes yeux, elle a envahi mon regard le jour où mon ami est mort. Je l'aimais comme un frère. Il s'appelait Enkidou. Avec lui, je n'avais peur de rien. Ensemble, nous avons abattu Houmbaba. Ensemble, nous avons tué le Taureau du Ciel. Nous étions heureux, nous parcourions la ville en riant. Tous les jours nous chantions et faisions la fête. Mais un jour, le destin l'a frappé. Une maladie de douze jours et de douze nuits l'a terrassé. Il était là, sur son lit de mort. Il ne m'entendait plus, il ne parlait plus, il ne respirait plus. Son corps, quand je le touchais, ne frémissait plus. Je ne voulais pas croire qu'il ne se réveillerait plus. Alors je l'ai veillé pendant sept jours et sept nuits, jusqu'à ce que je me persuade qu'il n'était plus qu'un cadavre. Je suis parti. J'ai quitté la ville, j'ai erré dans la steppe, et un jour, j'ai décidé de venir te trouver car je sais que tu possèdes un secret. Il m'a fallu franchir les montagnes, me battre avec les animaux sauvages, traverser la mer et les Eaux-de-Mort pour arriver jusqu'à toi. Me laisseras-tu repartir sans me dire ce que tu sais sur la vie et sur la mort ?

Outa-Napishtî lui répondit :
– Je crois bien, Gilgamesh, que tu as entrepris ce voyage pour rien. La mort de ton ami t'a fait

perdre la lucidité. Tu exagères ton malheur et tu cherches un secret qui n'existe pas. Ce long voyage t'a éprouvé. Peut-être même t'a-t-il rapproché de ta mort à cause de cet excès de fatigue. Dès qu'il vient au monde, tout nourrisson reçoit pour destinée de mourir un jour. La Mort, personne n'a jamais vu son visage. Et pourtant, elle est là, près de nous, elle guette ; elle est notre compagne de route. Nous construisons tous des maisons, mais elles se lézardent au fil du temps. Nous recevons en héritage les biens de notre père, mais un jour nous serons vieux à notre tour, et nous léguerons l'héritage à nos fils. Parce que nous ne voyons jamais son visage, et que nous n'avons jamais entendu le son de sa voix, nous oublions la Mort, et pourtant elle nous surveille. Chaque fois que nous nous endormons, nous préparons le grand sommeil qui nous prendra un jour.

Le Déluge

Gilgamesh écouta tristement les paroles d'Outa-Napishtî, mais quelque chose lui restait sur le cœur :

– Tu me ressembles, Outa-Napishtî, c'est vrai. Tu es pareil à moi. Et pourtant, un jour, les Grands Dieux ont fait une assemblée pour discuter de ton cas. Et c'est ainsi qu'ils ont décidé de t'accorder la « vie-sans-mort ». Le sommeil et la mort se ressemblent, c'est vrai. Mais toi, tu peux t'endormir tous les soirs en paix puisque tu ne mourras pas.

– J'ai reçu ce privilège, c'est vrai, répondit Outa-Napishtî. Mais pour que tu en comprennes bien la raison, je dois te raconter une assez longue histoire.

– Je n'ai pas fait cet épuisant chemin pour repartir tout de suite, répondit Gilgamesh. Parle donc, je ne suis pas pressé.

« Tu connais sans doute la ville de Shouroupak, elle n'est pas loin d'Ourouk. Mon père, Oubar-Toutou, y était roi. C'est une ville très ancienne ; de génération en génération, les habitants ont vu couler l'Euphrate au pied de ses murailles. Ils honoraient les Grands Dieux avec piété. Pourquoi ceux-ci décidèrent-ils de leur envoyer le Déluge ? Pensaient-ils que les hommes se multipliaient trop sur terre ? Que leurs rumeurs et leurs cris les dérangeaient dans leur sommeil ? Je l'ignore. Je sais seulement que les dieux qui décidèrent de déclencher la grande pluie étaient Anou et Enlil, avec leurs assistants. Tous les autres dieux trouvèrent l'idée astucieuse, à part Éa qui se plaît à s'occuper des humains. Ils jurèrent de ne parler de ce terrible projet à personne. Mais Éa descendit un jour auprès de ma maison. Il s'était engagé à ne pas révéler le secret aux hommes, mais il trouva un moyen astucieux : il parla doucement aux roseaux qui entouraient ma maison, et les roseaux me parlèrent. La voix disait :

– Outa-Napishtî, fils d'Oubar-Toutou, tu dois au plus vite détruire ta maison. Renonce à ton terrain et à ta ville, c'est la seule façon de sauver ta vie. Avec les matériaux de ta maison, construis un bateau. Fais-le carré, couvre-le d'une toiture étanche. N'oublie pas de choisir un spécimen de tous les animaux de la terre, et tu les embarqueras avec toi.

Je répondis à la voix :

– J'exécuterai tes ordres. Mais quand les habitants de la ville vont me voir construire le bateau, ils vont m'interroger. Que vais-je répondre ?

– C'est très simple, reprit la voix. Tu leur diras ceci : le dieu Enlil est fâché contre moi. Je ne sais pas pourquoi, mais je le sens. Alors, je ne peux plus rester sur le sol dont il est le dieu protecteur. C'est pourquoi je construis un bateau qui me permettra de m'enfuir loin de son territoire. Mais n'ayez peur de rien, car Enlil vous est favorable. Il fera pleuvoir sur vous des paniers de richesses : de splendides oiseaux, de délicieux poissons, des ruisseaux de blé d'or. Le matin, il enverra des averses de graines, et le soir des averses de farine.

Je commençai la construction du bateau et tout

le monde venait me regarder. Les meilleurs artisans m'offrirent leur aide. Après cinq jours de travail, la coque était prête. Elle avait une surface de trois mille six cents mètres carrés, des bords hauts de soixante mètres. Il restait à aménager l'intérieur : je fis six plafonds, ce qui donna sept niveaux que je divisai en compartiments à l'aide de cloisons. C'était un bel ouvrage, bien chevillé, bien calfaté à l'aide de milliers de litres de bitume. Bien sûr, j'avais pensé aux avirons.

Pour fêter la fin de la construction, j'offris une grande fête comme on le fait au nouvel an. J'abattis bœufs et moutons pour les artisans, je leur offris de la bière, de la bonne huile et du vin qui coula dans leur gosier comme de l'eau de source.

Il restait à construire un chemin de halage. Nous le fîmes avec des rondins et le bateau fut ainsi mis à l'eau. Alors, j'embarquai mon or, mon argent, mes animaux, ma famille et toute ma maisonnée. Je n'oubliai pas d'embarquer les spécimens de bêtes sauvages comme Éa me l'avait demandé. Ensuite, j'invitai les artisans à monter à bord, afin que le savoir de ces hommes habiles ne se perde pas.

Entre-temps, le dieu-Soleil m'avait donné un signe : « Quand je ferai pleuvoir des graines le matin et de la farine le soir, monte à bord et surtout ferme bien l'entrée. »

Il plut des graines au matin et de la farine le soir. Je m'enfermai dans le bateau et attendis. Je vis le ciel virer au noir et la foudre du dieu Adad zébrer les nuages. Ninourta ouvrit les vannes des réservoirs d'eau qui contiennent la pluie dans le ciel. Et les dieux des Enfers incendièrent le pays. Silence et fracas, eau et feu, éclairs et ténèbres s'abattirent sur le pays tout entier. L'inondation commença et noya tous les habitants.

Du haut des cieux, les dieux ne virent bientôt plus un seul humain. L'eau montait tellement vite qu'ils furent pris de panique et se réfugièrent dans l'endroit le plus élevé du ciel. Ils tremblaient. Ils se mettaient en boule comme des chiens apeurés ! Et soudain Arourou se lamenta à grands cris :

– Comment ai-je pu approuver la décision d'envoyer le Déluge ! N'est-ce pas moi qui ai créé les humains avec l'aide d'Éa ? Comment ai-je été assez folle pour accepter de noyer comme de vulgaires poissons ceux que j'ai créés !

Elle gémissait comme une femme qui accouche, elle hurlait sa douleur et tous les Grands Dieux se mirent à hurler avec elle. Six jours et sept nuits, le déluge dura, et six jours et sept nuits, les dieux se lamentèrent. Enfin, le septième jour, la tempête se calma. Je passai la tête hors de mon bateau : une mer toute lisse recouvrait la terre jusqu'à l'horizon. Plus un arbre, plus un animal, plus un être humain. Le silence planait sur les eaux grises. Je sortis sur le pont, je respirai l'air frais que personne ne respirait plus, et soudain, tombant à genoux, j'éclatai en sanglots.

Je relevai la tête : peut-être, me disais-je, vais-je apercevoir la cime d'un arbre, le haut d'une colline ? Je repérai au loin quelque chose qui ressemblait à une petite île à fleur d'eau. C'était en fait le sommet de la plus haute montagne de la Terre, le mont Nisir. L'eau était montée si haut que du fond du gouffre marin, il ne sortait plus que la pointe de ce gigantesque sommet. Le monde entier avait été englouti sous les eaux. Je m'approchai de l'îlot et j'y amarrai mon bateau. Il ne restait plus qu'à attendre en espérant que les dieux décideraient de faire baisser les eaux.

J'attendis un jour, un deuxième, puis un troisième, mais l'eau ne baissait pas. J'attendis un quatrième jour, un cinquième, un sixième : toujours rien. Le septième jour, je me décidai à lâcher une colombe. Je la perdis de vue, mais quelques heures après, elle revint. Je lâchai une hirondelle. Elle fila tout droit au-dessus des eaux. Mais quand je la vis revenir à son tour, je compris qu'elle n'avait pas trouvé à se poser sur la terre ferme. Un peu plus tard, je fis un autre essai avec un corbeau. Le corbeau ne revint pas. Il avait dû trouver un espace pour voleter, croasser, se nourrir. Les eaux avaient commencé leur décrue.

Aussitôt, je fis débarquer tout mon monde et je pris soin d'offrir aux dieux un grand banquet pour capter leur bienveillance et éviter qu'il ne leur vienne encore une fois l'idée de noyer la terre et ses habitants. Je disposai des boissons et de la nourriture au sommet du mont Nisir, je fis monter de l'encens vers le ciel. Les dieux humèrent la bonne odeur et se précipitèrent comme des mouches pour participer au festin.

Cela mit très en colère la Grande Déesse Arourou, la mère de tous les hommes. Elle portait à son cou un superbe collier fait de cette pierre précieuse bleue qu'on appelle lapis-lazuli. C'était un cadeau du dieu Anou en personne, et elle l'aimait beaucoup. Chaque petite pierre ressemblait à une mouche à miel, et quand elle le passait à son cou, elle pensait, elle, la Grande Déesse qui avait créé les humains, à tous ces petits êtres qu'elle avait formés avec de l'argile et qui s'étaient multipliés sur terre comme de jolies mouches. Elle agita son collier aux yeux des autres dieux :

— Je n'ai jamais oublié ce collier dont Anou m'a fait cadeau. Jamais non plus je n'oublierai ces jours de malheur où mes créatures ont été décimées comme des mouches ! Qui a osé déclencher le Déluge ? Celui-là va-t-il oser venir goûter aux

petits plats offerts par une pauvre poignée de survivants ?

La colère de la Grande Déesse visait Enlil, de qui était venue la décision de noyer toute l'humanité. Il n'était pas encore arrivé pour humer les odeurs de viande qui montaient vers le ciel. Dès qu'il aperçut le bateau et les survivants sur le mont Nisir, il se mit très en colère, demandant qui avait osé aller contre ses ordres :

– Qui a trahi le secret ? Personne ne devait survivre au Déluge !

Tous les regards se portèrent sur Éa, car on le savait très habile et rusé, et ami des humains. Éa soutint la colère d'Enlil :

– Comment as-tu osé déclencher un tel désastre, toi Enlil qu'on dit sage ! Tu es fâché parce que Outa-Napishtî et sa famille ont échappé à tes actions barbares ! Plutôt que le Déluge, il aurait mieux valu qu'un lion massacre des gens, ou encore que peste et famine fassent leurs ravages. Mais le Déluge, l'anéantissement final ! Si tu cherches un coupable, c'est toi qu'il faut désigner pour ton comportement de tyran ! Moi je n'ai fait que prévenir Outa-Napishtî, parce que c'est un homme rempli de sagesse. Voilà maintenant qu'il t'offre un sacrifice que tu ne mérites pas ! Oseras-tu l'exterminer, lui et toute sa maison ?

Enlil se radoucit et prit la décision de des-

cendre du ciel pour venir me trouver, moi, Outa-Napishtî. Il me prit par la main, il fit agenouiller ma femme à ses côtés, nous toucha le front et nous bénit.
– Jusqu'à présent, me dit-il, tu n'étais qu'un homme. À partir de maintenant, tu es pareil à nous, les dieux. C'est pourquoi, tu ne vivras plus avec les hommes. On te conduira avec les tiens de l'autre côté de la mer, au lieu dit "Embouchure des fleuves" ».

Outa-Napishtî finit ainsi son récit :
– Voilà, dit-il en dévisageant Gilgamesh. Voilà comment j'ai reçu le privilège d'être semblable aux dieux. Je possède la vie qui ne connaît pas la mort. C'est un privilège que n'ont pas les autres humains. Et toi, Gilgamesh, si tu veux l'obtenir, essaie donc de rester six jours et sept nuits sans dormir.

Gilgamesh accepta aussitôt le défi. Il s'assit par terre, bien à son aise, garda la tête bien droite et les yeux grands ouverts. Mais très vite, son regard se troubla ; c'était comme si une brume envahissait son esprit. Sa tête s'inclina, il dormait.

Outa-Napishtî dit à son épouse :
– Regarde-moi ce jeune gaillard qui prétend obtenir la vie qui n'a pas de fin. À peine assis, il est plein de sommeil.

– Réveille-le, dit la femme. Il est temps pour lui de repartir tranquillement chez lui.

– Non, répondit Outa-Napishtî. Si je le réveille maintenant, il ne nous croira pas. Il dira qu'il n'a pas dormi, mais qu'il s'est tout juste assoupi. Voilà ce qu'il faut faire : cuis un petit pain et dépose-le auprès de lui jour après jour. Et faisons aussi une marque sur la cloison pour chaque jour de sommeil. Ainsi, il comprendra !

Au matin de la septième nuit, Outa-Napishtî réveilla Gilgamesh.

– Ouh là, dit Gilgamesh en frottant ses paupières. J'ai eu un petit temps de somnolence, juste avant que tu me touches l'épaule.

– Regarde auprès de toi, Gilgamesh. Que vois-tu ?

– Je vois des petits pains. Le premier est tout racorni, le deuxième n'est pas mangeable, le troisième est rassis mais encore un peu humide, le quatrième a des croûtes blanchâtres, le cinquième sent le moisi à plein nez, le sixième est bien cuit et appétissant, et le septième sort à peine du feu.

– Chaque pain représente un jour de sommeil, Gilgamesh. Tu peux aussi vérifier sur la cloison. Nous avons fait une marque par journée, il y en a sept.

Gilgamesh devint tout triste :

– Je ne sais pas tenir sept jours éveillé, se

lamenta-t-il. Je ne suis qu'un homme et ni le sommeil ni la mort ne me lâcheront jamais. Je t'en prie, Outa-Napishtî, que puis-je faire pour éviter que la Mort ne s'installe dans la pièce où je dors et qu'elle ne me guette partout où je vais ?

Outa-Napishtî ne répondit pas, mais il s'adressa à Our-Shanabi le passeur :

– Les pieds d'un passeur ne sont pas faits pour s'attarder sur les pontons et sur les plages. Prends donc Gilgamesh dans ta barque et reconduis-le jusqu'en sa ville. Je n'ai pas besoin de toi ici. Mais avant, veille à ce qu'il retrouve son allure de roi. Emmène-le à l'endroit où l'on se lave. Il nettoiera ses cheveux souillés, il laissera la mer emporter ses haillons. Qu'il se baigne et se frotte la peau jusqu'à ce qu'il perde sa vieille dépouille et retrouve toute sa beauté. Cet homme est un grand roi, il doit retourner chez lui avec la splendeur d'un roi.

La plante de vie

Pendant qu'Our-Shanabi mettait sa barque à l'eau, la femme d'Outa-Napishtî s'adressa à son mari :

– Ne peux-tu vraiment rien faire pour cet homme ? Il a affronté tellement de dangers pour venir te trouver.

Gilgamesh était déjà monté dans la barque et tenait une perche à la main quand Outa-Napishtî lui dit :

– Tu es un homme courageux et persévérant, Gilgamesh. C'est pourquoi tu mérites que je te dise un secret. Il existe, tout au fond de la mer, une plante connue seulement des dieux. Elle est remplie d'épines et te piquera durement. Mais si tu parviens à t'en saisir et à la rapporter chez toi, tu auras trouvé la nourriture qui rend plus jeune celui qui la mange.

Aussitôt, Gilgamesh rama jusqu'à la plage. Il courut chercher deux grosses pierres qu'il embarqua avec lui et prit congé d'Outa-Napishtî. Arrivé en haute mer, il attacha les pierres à ses pieds à l'aide de cordages, puis il se laissa couler à pic. Dans l'eau incolore du fond de la mer, il aperçut la plante, toute hérissée d'épines. Il s'y piqua durement, mais surmonta sa douleur et réussit à l'arracher. Il détacha les pierres qui l'alourdissaient et remonta très vite à la surface.

Les vagues le rejetèrent sur une plage où le passeur le rejoignit. Gilgamesh leva bien la plante marine comme un bouquet de vainqueur :

– Regarde, Our-Shanabi ! Voici la plante miracle, celle qui permet de ne pas vieillir. Je vais l'emporter à Ourouk et je l'essaierai sur un vieil homme du pays. Et quand il aura retrouvé sa jeunesse, j'en mangerai à mon tour et je ne vieillirai plus jamais. Au contraire, je retrouverai ma jeunesse !

Les deux hommes prirent à pied la direction de la ville. Ils passèrent les montagnes, allant à vive allure, accomplissant quarante lieues avant d'avaler quelques bouchées, soixante avant de se reposer. Gilgamesh aperçut une mare bien claire et décida de se baigner.

Pendant qu'il se délassait dans l'eau fraîche, un serpent sortit prudemment de son trou, attiré par l'odeur de la plante que Gilgamesh avait posée au bord de la mare. Il s'en empara discrètement et repartit vers son trou. Il mua aussitôt et laissa derrière lui sa vieille peau.

En remontant de la mare, Gilgamesh éclata en sanglots. Il se dirigea vers Our-Shanabi le passeur et le prit à témoin :
– Mais pour qui donc ai-je tant travaillé ? Pour qui mes bras se sont-ils tellement fatigués ? Pour qui le sang a-t-il coulé dans mes veines depuis tout ce temps où j'ai quitté ma ville ? Je ne me suis pas fait de bien ; je n'en ai fait à personne. Seul le lion-du-sol[1] a profité de mes peines. Nous avons laissé derrière nous la barque ; les pierres que j'avais attachées à mes pieds sont au fond de la mer. Je ne saurai plus trouver l'endroit de la plante. Je suis fatigué de tant d'efforts inutiles.

---

1. Lion-du-sol : serpent.

Retour à Ourouk

Tristement les deux hommes reprirent leur chemin. Au bout de quarante lieues, ils avalèrent quelques bouchées ; au bout de soixante, ils campèrent. Ainsi firent-ils jusqu'à ce qu'ils arrivent à Ourouk-les-Enclos. Gilgamesh entraîna le passeur sur les remparts de la ville :

– Regarde bien, Our-Shanabi, observe les fortifications. Ourouk fut fondée par des sages, l'assise de ses remparts est solide. Tout fut construit avec des briques compactes. Faisons le tour des remparts, regarde : trois cents hectares de ville, trois cents hectares d'enclos et de jardins, et encore trois cents hectares de terre vierge qui entourent le temple d'Ishtar. Tu as sous les yeux la superficie d'Ourouk-les-Enclos. Cet espace, clos dans ses murailles, c'est sur lui que je règne. C'est ici que je suis roi, et je le resterai jusqu'au dernier jour de ma vie.

Gilgamesh régna très longtemps et gouverna son peuple avec sagesse. Sa renommée se répandit bien au-delà des murailles de sa ville. Partout, on racontait ses exploits et son si long voyage au pays d'Outa-Napishtî le Lointain. Dans le monde entier, il était reconnu et célébré à l'égal des dieux.

Carnet de lecture

L'épopée de Gilgamesh, de son origine à nos jours

Un texte fondateur
L'histoire de l'*Épopée de Gilgamesh*, depuis sa toute première version jusqu'à nos jours, est déjà une véritable aventure.

Propulsons-nous en 3000 av. J.-C., c'est-à-dire il y a plus de cinq mille ans, en Mésopotamie.

Les hommes qui vivent dans cette région, les Sumériens, viennent juste de découvrir l'écriture, mais ils aiment depuis longtemps les histoires. Le puissant roi Gilgamesh leur inspire des récits qui se transmettent oralement dans un premier temps, puis qui sont mis par écrit sur des tablettes d'argile, sous forme de poèmes. On connaît aujourd'hui cinq de ces récits-poèmes. C'est la plus ancienne œuvre littéraire connue à ce jour.

Une histoire à rebondissements
Nouveau bond dans le temps et l'espace : nous sommes vers 1800 av. J.-C., dans l'empire akkadien. Les Akkadiens sont, depuis très longtemps, un peuple voisin des Sumériens auprès desquels ils ont appris l'écriture. Un scribe, dont on ignore le nom, écrit un grand texte d'au moins deux mille vers en akkadien. Ce grand

poème raconte, dans un récit bien organisé, les aventures de Gilgamesh. C'est la première véritable version de l'*Épopée*. Il ne nous en reste aujourd'hui, malheureusement, que quelques passages sur des tablettes d'argile fort abîmées. Mais nous savons que cette œuvre fut largement diffusée, sous diverses formes et dans différentes langues, jusque vers l'an 1200 av. J.-C.

C'est à cette époque qu'un certain Sînleqe'unnennî récrit l'*Épopée*, en akkadien toujours, sur onze tablettes d'argile, mais en l'amplifiant : elle compte presque trois mille vers ! Une douzième tablette fut rajoutée après.

Le voyage se poursuit jusqu'au milieu du XIXe siècle : des archéologues retrouvent des tablettes de l'*Épopée de Gilgamesh* lors de fouilles à Ninive (dans l'actuel Irak), sur les lieux de la bibliothèque du grand roi assyrien Assurbanipal. Quelques années plus tard, à Londres, George Smith, un jeune assistant du British Museum fait une annonce sensationnelle : ce qu'il vient de déchiffrer, sur la onzième tablette, est un récit ressemblant fort à celui du Déluge. Voilà qui remet en cause beaucoup de certitudes de l'époque, car on considère alors que la Bible était d'origine divine et que les auteurs du texte n'avaient fait que retranscrire les paroles de Dieu. Mais ce qu'ignore George Smith est que l'auteur de l'*Épopée* s'était lui-même inspiré d'un texte plus ancien retrouvé depuis.

Un récit en morceaux

Les archéologues ont retrouvé, sur différents sites, de nombreuses tablettes en différentes langues, ce qui permet de reconstituer l'ensemble du récit et de faire une traduction précise de nombreux passages. C'est le travail des assyriologues, spécialistes de ces langues anciennes que sont le sumérien et l'akkadien. Mais le résultat est difficilement compréhensible par des enfants (et même par des adultes !). En effet, pour respecter le texte des tablettes, ces scientifiques ont souvent été obligés d'interrompre le récit par des points de suspension, des parenthèses, des propositions de sens pour les mots abîmés sur les tablettes, sans compter les passages entiers qui ont disparu.

Il a donc fallu, pour le rendre lisible, adapter l'*Épopée de Gilgamesh*. C'est le travail qu'a réalisé Pierre-Marie Beaude.

Interview de l'auteur

Pierre-Marie Beaude, qu'est-ce qui vous a incité à écrire une version de l'Épopée de Gilgamesh pour de jeunes lecteurs ?

– Ma connaissance de certaines langues voisines de l'akkadien me rendait sensible à ce récit, mais il n'était pas question de me lancer dans une traduction du texte original. Je me suis donc appuyé sur celles existantes pour les adapter. J'ai fait un peu, sans doute, le travail que Sînleqe'unnennî fit avec la version ancienne qu'il adapta.

En quoi votre travail a-t-il consisté essentiellement ?

– J'ai fait un récit continu, sans mentionner les passages endommagés ou manquants. J'ai donné plus d'importance à certains épisodes, par exemple celui de la découverte de l'homme sauvage par le chasseur, mais surtout celui de la bagarre entre Gilgamesh et Enkidou, car cet épisode est abîmé et incomplet. J'ai largement développé l'histoire d'Ishtar, aux Enfers, qui tient en quelques mots dans le texte original, mais dont on possède un autre récit, parce qu'il montre bien le lien qui existait, pour les Anciens, entre les forces du Ciel, des Enfers et la Terre des humains. Par contre, j'ai laissé certaines contradictions : comment expliquer, par exemple, que Gilgamesh ne connaît pas l'existence du Déluge survenu dans la ville de

Shouroupak, voisine d'Ourouk dont il est roi ? Enfin, il y a dans l'*Épopée de Gilgamesh* de nombreuses répétitions que j'ai parfois conservées, comme les rêves de Gilgamesh enfermé dans le cercle magique par Enkidou ou lors de la traversée du défilé obscur de la montagne appelée « les Jumeaux ».

Les dieux sont très présents dans l'Épopée de Gilgamesh. Mais leur immortalité mise à part, ils ne se distinguent pas beaucoup des humains.

– Effectivement, les Akkadiens se faisaient des dieux une idée peu glorieuse. Ces derniers fréquentent les humains avec lesquels ils ont parfois beaucoup de ressemblances : l'attitude d'Ishtar face à Gilgamesh est celle d'une séductrice ! D'ailleurs, les divinités habitent juste au-dessus des hommes, au point qu'ils ont peur d'être inondés lors du Déluge.

Voyez-vous, dans l'Épopée de Gilgamesh, un message adressé au lecteur ?

– Bien sûr : ce texte traite un thème qui n'a cessé de préoccuper, de tout temps, les penseurs : la condition des hommes et le fait qu'ils soient mortels, par opposition aux dieux qui ne le sont pas. La seule issue, pour les humains, est donnée par la cabaretière Sidouri : profiter de la vie, ne pas s'attarder à vouloir régler des problèmes sans solution, en un mot vivre.

Épopée et héros

Qu'est-ce qu'une épopée ?
Une épopée est un long poème qui raconte les exploits d'un héros, d'un peuple. Les faits historiques s'y mêlent au récit imaginaire. Ce genre littéraire fut largement exploité dans l'Antiquité et jusqu'au Moyen Âge, après quoi il passa de mode et s'éteignit presque.

La plus ancienne épopée connue est l'*Épopée de Gilgamesh*. En Grèce, l'*Iliade* et l'*Odyssée* (VIIIe siècle av. J.-C.) d'Homère sont particulièrement remarquables. La première relate la guerre de Troie qui opposa Grecs et Troyens. Dans la seconde, le lecteur suit le long voyage d'Ulysse pour regagner son île d'Ithaque à la suite de la guerre de Troie.

Dans l'*Énéide* (Ier siècle av. J.-C.), le poète latin Virgile raconte le périple d'Énée, prince troyen qui fuit sa ville après la défaite de celle-ci. Une des légendes sur l'origine de Rome le présente comme le fondateur de cette dernière.

Bien plus tard, au Moyen Âge en France, la *Chanson de Roland* (XIe siècle) peut être considérée comme la dernière grande épopée. Elle relate le combat fatal de Roland, neveu de Charlemagne, contre les Maures, à Roncevaux, puis la vengeance de l'empereur. Aujourd'hui encore, on ignore le nom de son auteur.

Les règles du genre

Afin de magnifier le personnage central, l'épopée utilise souvent les mêmes procédés d'écriture. Chacun sera illustré par un exemple issu de l'*Épopée de Gilgamesh*.

- L'intervention des dieux ou de Dieu dans la vie des hommes :

Gilgamesh, ainsi, invoque fréquemment sa mère, la déesse Ninsouna, ou appelle à l'aide le puissant dieu Shamash.

- Le recours au merveilleux :

Les exemples sont nombreux dans *Gilgamesh*. Rappelons-nous le Taureau du Ciel qui quitte son apparence de constellation pour devenir un taureau vivant, aux proportions effrayantes, que Gilgamesh et Enkidou devront combattre pour sauver leur royaume.

- L'exagération, qui donne aux héros une force démesurée :

Comment concevoir, par exemple, de partir pour un long voyage, afin de combattre le géant Houmbaba, armé d'« épées de plus de cinquante kilos, de haches du même poids, et de boucliers… » ? C'est pourtant ce que feront Gilgamesh et Enkidou.

Certains thèmes, aussi, sont régulièrement traités dans l'épopée.

- Le voyage :

Après le décès de son ami, Gilgamesh entreprend un long périple au cours duquel il traversera, entre autres, une mer particulièrement dangereuse.

- L'amour, l'amitié :

Enkidou sera amené à la civilisation grâce à une femme ; mais l'amitié qui le liera à Gilgamesh sera un sentiment encore plus fort.

- Les combats :

Ils sont importants dans l'*Épopée de Gilgamesh*, à commencer par celui qui oppose les deux futurs amis, puis l'exécution de Houmbaba ou la lutte contre le Taureau Céleste…

- L'évocation des Enfers :

Avant sa mort, Enkidou voit en songe les Enfers et les morts qui peuplent ce royaume où il va bientôt descendre.

Un héros hors norme

L'épopée reprend généralement, pour le magnifier, un personnage historique ayant véritablement existé. C'est le cas de Gilgamesh. Nous ne possédons aucune preuve indiscutable de son existence, mais Gilgamesh est mentionné dans la liste royale sumérienne rédigée au IIe millénaire av. J.-C. Ce roi d'Ourouk aurait régné aux environs de 2700 avant notre ère, pendant cent vingt-six ans !

Dans l'épopée antique, le héros est souvent présenté comme le fils d'un dieu et d'un humain. Ainsi Gilgamesh est le fils du roi Lugalbanda, lui-même d'origine partiellement divine, et de Ninsouna, déesse du gros bétail. Gilgamesh est donc dieu aux deux tiers.

De ces origines, le héros retire un grand nombre de qualités remarquables : il est beau, fort, courageux, intelligent, rusé, bien plus que n'importe quel humain ordinaire. La cabaretière Sidouri ne remarque-t-elle pas que, bien que « sale et vêtu comme un vagabond », Gilgamesh « a la silhouette d'un dieu » ?

Bien sûr, le héros est aussi au-dessus du commun des mortel en raison de son statut social : il est roi, ou au moins un seigneur puissant.

Le héros devra faire face à un grand nombre d'épreuves qui paraissent insurmontables, mais dont il sortira généralement victorieux. Ainsi Gilgamesh vaincra le Taureau Céleste par la force, mais il saura aussi résister à l'entreprise de séduction d'Ishtar grâce à son bon sens.

Grâce à ses exploits, le héros épique fait rêver. Mais il doit aussi servir d'exemple par son comportement, même si aucun d'entre nous, simples mortels, ne peut prétendre l'égaler !

La Mésopotamie

La Mésopotamie est cette vaste région allant de la mer Méditerranée jusqu'au golfe Persique, et située entre deux grands fleuves : le Tigre et l'Euphrate. Elle est bordée, dans toute sa partie est, par de hautes montagnes.

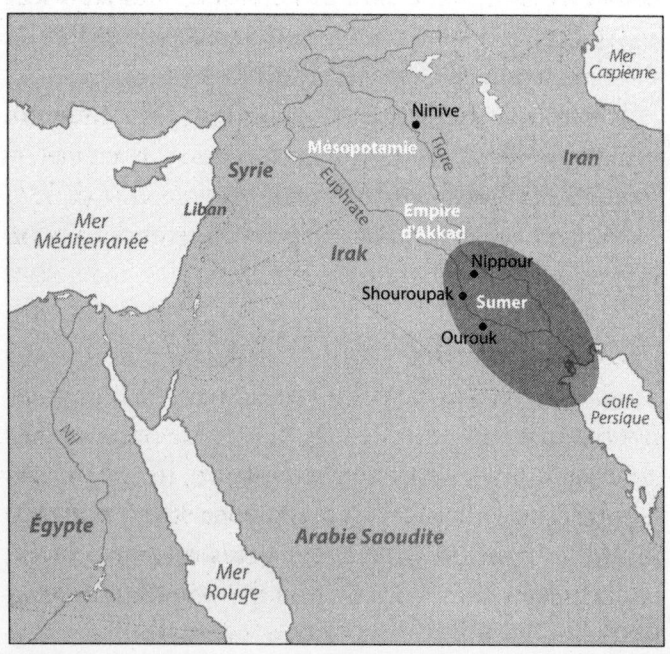

Naissance d'une civilisation

On y a retrouvé des traces de la présence humaine remontant à plus de cent mille ans.

Vers 7000 ans av. J.-C., la poterie fait son apparition, les hommes commencent à domestiquer les animaux, c'est aussi le début de l'agriculture. Les hommes cessent d'être nomades : ils vivent dans des villages.

L'usage de l'irrigation apparaît vers 6000 av. J.-C., ce qui est très facile dans cette région riche en marécages et où les bras de fleuves sont nombreux.

Vers 3300 av. J.-C., une invention nous fait passer de la Préhistoire à l'Histoire : l'écriture, dont les traces les plus anciennes ont été retrouvées sur le site de l'ancienne ville d'Ourouk.

À partir du IVe millénaire et surtout pendant le IIIe, c'est la période des cités-États. Ce sont de petits royaumes indépendants, constitués d'une ville et de la campagne environnante. Ils sont gouvernés par un roi : Gilgamesh fut celui d'Ourouk.

Une terre convoitée

Jusqu'au début de notre ère, la Mésopotamie connaîtra une longue période très mouvementée : après avoir été unifiées en un grand empire, les cités-États reprendront leur indépendance pour être à nouveau unifiées. Invasions, rivalités, luttes n'empêcheront pas la culture mésopotamienne de prospérer jusqu'au IIe siècle av. J.-C. pour s'éteindre définitivement sous la domination des Parthes, un peuple venu de l'est de la Mésopotamie, l'actuel Iran.

Au IIIe millénaire, la Mésopotamie est essentiellement occupée par deux peuples : les Sumériens et les Akkadiens, ayant chacun sa propre langue. À la fin du IIe millénaire, les Araméens occupent presque toute la Mésopotamie et y imposent leur langue. Par la suite, les invasions des Mèdes, des Perses, des Grecs, et pour finir des Parthes, laisseront chacune son empreinte.

Aujourd'hui, cette région se répartit dans plusieurs pays, essentiellement l'Arabie saoudite, l'Irak, l'Iran, la Syrie et la Turquie[1]. Mais la plus grande partie est située en Irak.

---

[1]. Les noms en italique et les frontières sur la carte p. 118 désignent les pays actuels.

La naissance de l'écriture

L'apparition de l'écriture est une étape essentielle de l'histoire de l'humanité : elle est la transition entre Préhistoire et Histoire.

Il y a plus de cinq mille ans, l'écriture est vraisemblablement née en même temps dans deux contrées voisines : la Mésopotamie et l'Égypte. Les plus anciennes traces dont nous disposons à ce jour sont d'origine sumérienne, mais on pense que l'écriture hiéroglyphique existait déjà à la même époque car les écrits égyptiens les plus anciens dont nous disposons sont bien organisés, et cela n'a pas pu se faire en quelques années.

L'écriture devient à cette époque un véritable besoin à la suite du développement de sociétés organisées. Les hommes vont avoir besoin de comptabiliser les quantités de bétail, de blé, et de garder une trace des échanges, des actes de vente.

Les Sumériens utilisaient des roseaux taillés en pointe, les calames, pour tracer des signes sur des tablettes d'argile. Ces signes sont des pictogrammes, dessins simplifiés, représentant un mot. Ils sont essentiellement constitués de courbes, plus faciles à dessiner. On estime qu'il existait plus de mille cinq cents représentations. En voici quelques exemples.

Palmier *Poisson* *Oiseau*

Pour exprimer une idée plus complexe, les Sumériens associaient deux signes ; le dessin obtenu est un idéogramme.

L'idéogramme pour « roi », par exemple, se formait en combinant le signe « couronne » et le signe « homme ».

Bien sûr, cette forme d'écriture est longue et compliquée. Les scribes mésopotamiens eurent alors l'idée de la simplifier. Ils taillèrent leur calame en biseau et, en l'appuyant dans l'argile, traçaient des signes en forme de coin, de clous : l'écriture cunéiforme était née. Au fil du temps, les formes devinrent de plus en plus stylisées jusqu'à ne plus ressembler du tout à celle d'origine, comme le montrent ces trois exemples.

*Évolution de quelques signes
de -3300 à -700 av. J.-C.*

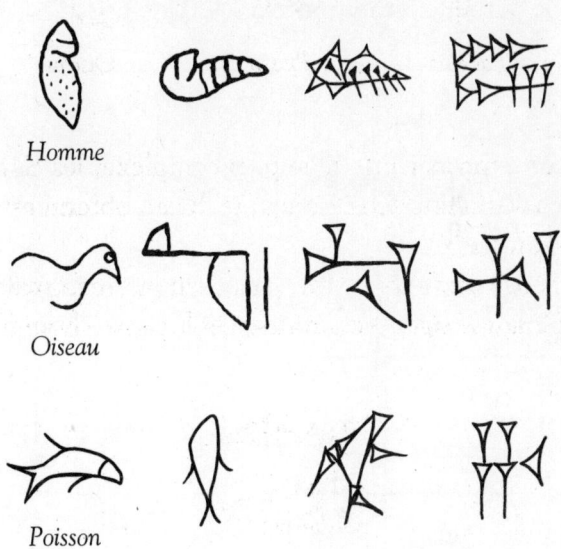

Homme

Oiseau

Poisson

En plus des pictogrammes et des idéogrammes, Sumériens et Akkadiens utilisèrent très tôt la valeur phonétique d'un signe. Chaque signe correspond non plus à un objet ou à une idée, mais à un son. Il n'y a donc pas d'inconvénient à faire des signes abstraits puisqu'il suffit de savoir comment ils se prononcent. Puis les scribes imaginèrent de nouvelles règles. Ils réduisirent le nombre de signes en inventant l'alphabet, c'est-à-dire un nombre de signes (ou lettres) restreint qui permettaient d'écrire un très grand nombre de mots. Le plus ancien alphabet que nous connaissons a été retrouvé à Ougarit, grande cité située dans la Syrie actuelle, et remonte à 1400 av. J.-C.

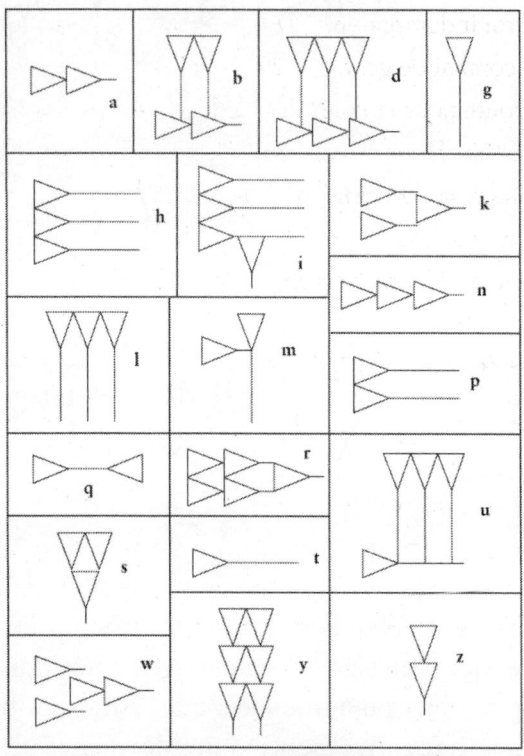

Alphabet ougaritique

Table des matières

1. Un roi indomptable, *11*
2. Un combat de géants, *29*
3. En route pour la Forêt des Cèdres, *41*
4. Le Géant Houmbaba, *53*
5. Le Taureau du Ciel, *61*
6. La maladie mortelle, *70*
7. Le secret d'Outa-Napishtî, *90*

Carnet de lecture, *107*

Mise en pages : Maryline Gatepaille

Loi n° 49-956 du 16 juillet 1949
sur les publications destinées à la jeunesse
ISBN : 978-2-07-062761-5
Numéro d'édition : 300382
Premier dépôt légal : août 2009
Dépôt légal : février 2016

Imprimé en Espagne par Novoprint (Barcelone)